O'Connell **Press**

Über das Buch:

Mord im Landhaus. Jeder ist verdächtig. Denn hinter den Fassaden der Reichen lauert der Tod – das muss auch High-Society-Detektiv Cristóbal O'Leary erkennen.
Sein neuester Fall führt ihn und seinen Butler in das Landhaus von Colonel Banks, der kürzlich aus Indien zurückgekehrt ist. Dort ist er unter mysteriösen Umständen zu Reichtum gekommen – und zu einer kostbaren Juwelensammlung, deren Prunkstück ein Smaragd mit dem Namen »Das Auge der Göttin« ist.
Der Colonel möchte diese Sammlung einigen handverlesenen Gästen zeigen, doch bereits in der ersten Nacht wird er ermordet und O'Leary bleibt nicht viel Zeit den Täter zu entlarven. Jeder im Haus könnte es gewesen sein, auch der scheinbar treu ergebene Butler Brown, der übereifrige Diener Fathoms und die mysteriöse indische Haushälterin Mani.
Je mehr Geheimnisse und falsche Identitäten aufgedeckt werden, desto verwirrender werden die Spuren, bis O'Leary den Täter überführt.
Doch ist er es wirklich gewesen?

Über die Autorin:

Tedine Sanss ist ein Pseudonym und kam zwischen den Seiten der »Steampunk-Chroniken« zur Welt. 2013 erreichte sie den 1. Platz des renommierten Marburg-Awards, 2014 war ihre Kurzgeschichte »Agnes« auf der Shortlist des Deutschen Science Fiction Preises. »Ein Pfau im Park« ist ihr erster Roman.

TEDINE SANSS

EIN PFAU
IM
PARK

Roman

O'Connell Press

1. Auflage
Copyright © 2015 by O'Connell Press

Sie finden uns im Internet unter www.OConnellPress.de
Deutsche Erstausgabe 2015 by O'Connell Press, Weingarten

Titelillustration: © Richard Semik/Shutterstock.com
Umschlaggestaltung: O'Connell Press
Datenkonvertierung: O'Connell Press

Bibliographische Information der Deutschen Nationalbibliothek:
Die Deutsche Nationalbibliothek verzeichnet diese Publikation in der
Deutschen Nationalbibliographie; detaillierte bibliografische Daten sind im
Internet über http://dnb.dnb.de abrufbar.

Herstellung: BoD, Books on Demand, Norderstedt
ISBN 978-3-945227-16-9

omnia mutantur nihil interit

1. EIN NEUER AUFTRAG

Schauen Sie nur, oh Danny Boy! Dort drüben geht es zum Rufus Stone.«

Ich versuchte, den vor meiner Nase auf- und abwackelnden Zeigefinger zu übersehen und meinen Blick weiter stur auf die Straße zu richten. Der offene Wagen, ein schwerer, leuchtend roter Lancia Lambda, an dessen Steuer ich saß, war nagelneu und ohne einen Kratzer – und diesen Zustand wollte ich so lange wie möglich aufrechterhalten.

»Vorbei«, bedauerte Cristóbal O'Leary mit einem letzten Blick in das sonnenhelle Laub und ließ sich zurück in den ledernen Sitz sinken. »Sie Geschichtsbanause.«

»Oho!«, sagte ich und spulte stolz meine Kenntnisse herunter: »Der Rufus Stone erinnert an den rätselhaften Königsmord im Jahre 1100, als König William II., wegen seines feuerroten Haars Rufus genannt, auf der Jagd durch einen Schuss aus der Armbrust des französischen Glücksritters Walter Tirel getroffen wurde, neben einer riesigen Eiche aus dem Sattel stürzte und starb. Die Hintergründe dieses Falles sind bis heute ungeklärt.«

»Das ist nur Bücherwissen.« Nun wedelten zwei beringte Hände in meinem Sichtfeld herum. »Ich hätte mir den Tatort zu gern einmal angesehen, auch wenn die Eiche nicht mehr steht.«

»Glauben Sie, die Spur ist nach achthundertzweiundzwanzig Jahren noch frisch?«

Wenn sie sich gegen ihn selbst richtete, war O'Leary für Ironie vollkommen unempfänglich.

»Wer weiß?«, erwiderte er ungerührt. »Williams Bruder Henry schien damals kein besonderes Interesse daran zu haben, den Mordfall aufzuklären, er war vollauf mit den Vorbereitungen zu seiner eigenen Krönung beschäftigt. Vielleicht wurden tatsächlich Indizien übersehen, die Tirel entlasten könnten. Vorausgesetzt, es sind nicht allzu viele Polizisten über den Pfad getrampelt …Vorsicht!«

Eine Herde halbwilder Ponys schien sich links von uns aus dem Nichts zu materialisieren, überquerte eine Lichtung und hielt genau auf unser Fahrzeug zu.

Ich trat voll in die Bremsen. Das schwere Gefährt rollte eine Weile unbeeindruckt weiter, bis es widerstrebend das Tempo verlangsamte und mit einem unwilligen Quietschen und Schnaufen unmittelbar vor der Herde stehen blieb. Mit erhobenen Köpfen trabten die kompakten, hell- bis dunkelbraunen Tiere über den Weg und verschwanden im Unterholz.

»Spätestens jetzt kann man am Tatort vermutlich keinerlei Spuren mehr sichern«, ließ sich O'Leary vernehmen. »Schade. Sie hätten vorhin abbiegen sollen.«

Ich würdigte ihn keiner Antwort, schaltete zurück in den ersten Gang und ließ den Lancia behutsam wieder anrollen.

Ohne den fast anderthalb Tonnen schweren Untersatz, den ich zu beherrschen vorgab, dem ich aber in Wahrheit eher ausgeliefert war, hätte ich diesen Ausflug von Herzen genossen. Trotz der furchtbaren Wunden, die der Krieg in den alten Baumbestand geschlagen hatte und die auf Anordnung der Forestry Commission mühsam durch schnell wachsende Nadelbäume verdeckt wurden, war der New Forest noch immer von atemberaubender, archaischer Schönheit.

Wir durchquerten sumpfige, moosbewachsene Täler und Wiesen, deren Grün im Sonnenlicht so grell wie ein Bühnenbild wirkte, ratterten auf einer morschen Holzbrücke über einen schmalen Fluss, über dem leuchtend blaue Libellen wie Miniaturflugzeuge kreisten, und erschreckten einige Damhirsche, die mit hohen Sprüngen über eine Stechginsterhecke setzten und im Unterholz verschwanden. Dazwischen erstreckten sich immer wieder Eichen- und Buchenwälder, so hoch und so alt wie Kathedralen. Bunte Vögel schwirrten durch die Luft, gelb, blau und rot wie Edelsteine, von einer übermütigen Hand empor geworfen.

Die brütende Sommerhitze, die uns in London zu schaffen gemacht hatte, wurde erträglich durch eine stete salzige Brise von der nahen Küste, deren prickelnder Duft sich mit dem schweren Aroma der Sommerblumen mischte. Warum also versetzten wir unseren Gastgeber nicht einfach, stellten den Wagen ab und ließen uns ins weiche Gras sinken?

»Es ist wirklich nichts weiter als ein Wochenendbesuch, den wir vorhaben?«, vergewisserte ich mich beim Weiterfahren.

»Colonel Banks, unser Gastgeber, ist erst vor einigen Monaten aus Indien zurückgekehrt und sucht Anschluss an die Gesellschaft.«

»Es ist ein Colonel, der dort wohnt, kein Lord? Aber ich dachte Levett House ist ein berühmtes Anwesen aus der elisabethanischen Zeit, das Stammhaus der Lords of Blackburne. Diese Familie gehörte schon zum normannischen Adel, als Noah die Packliste für seine Arche schrieb ...«

»... und sie starb im Jahre 1887 aus«, ergänzte O'Leary trocken. »Seitdem stand das Gemäuer leer, verfiel zusehends und wäre vor drei Jahren beinahe abgebrannt, weil den randalierenden Teil der Dorfjugend der Hafer stach. Colonel Banks hat es gekauft und renoviert. Er ist in Indien zu Geld gekommen, genauer gesagt: zu schier unermesslichen Reichtümern. Niemand weiß, wie er es angestellt hat, und er selbst ist so verschwiegen wie das Taj Mahal. Wie dem auch sei, er kaufte und zahlte bar. Glücklicherweise hielten sich seine Umbauten in Grenzen, sodass wir immer noch die ursprüngliche Fassade bewundern können. Und nicht nur das Haus ist sehenswert, der Colonel nennt außerdem eine fantastische Juwelensammlung sein eigen. Bisher hat sie noch niemand gesehen, es sind nur allerlei Gerüchte im Umlauf. Aber Sie wissen ja, wie das ist, oh Danny Boy: Wenn man etwas Spektakuläres besitzt, kann man früher oder später der Versuchung nicht widerstehen, es anderen vorzuführen. Die schönste Sammlung bleibt unbefriedigend ohne die Genugtuung, den giftgrünen Neid anderer Sammler im Nacken zu spüren. Der Colonel hat daher an diesem Wochenende eine kleine Gruppe von Fachleuten nach Levett House gebeten, die seine Juwelen begutachten und vor allem bewundern soll.«

»Hm«, machte ich. »Und wo kommen Sie ins Spiel?«

»Aber Danny Boy!« O'Leary zog ein empörtes Gesicht. »Halten Sie mich denn etwa nicht für einen Fachmann, was Juwelen betrifft?«

»Doch, selbstverständlich«, erwiderte ich unbehaglich. Meine Wangen brannten unvermittelt, als säße ich direkt in der Sonne und nicht unter dem schützenden Blätterdach. »In einem gewissen Umfang sind Sie durchaus auch auf diesem Gebiet ...«

Verwirrt brach ich ab, denn auf O'Learys Gesicht war ein breites Grinsen erschienen, und er begann herzlich zu lachen.

»Oh Danny Boy, man kann Sie nicht hinters Licht führen! Vielen Dank für das unwillige Kompliment – was Juwelen angeht, so bin ich eher ein Dilettant als ein Experte. Also – Sie haben mich ertappt. Es ist tatsächlich mehr als nur eine unverbindliche Einladung zu einem Wochenendbesuch.«

»Sie meinen ...«

»Jawohl, oh Danny Boy. Wir haben einen Auftrag!«

***

Cristóbal O'Leary war ein Phänomen. Die altirischen Wurzeln seines Vaters, die er unbekümmert bis auf Cú Chulainn zurückführte, hatten ihm zu einem Übermaß an keltischer Fantasie verholfen. Von seiner spanischen Mutter hatte er außer dem exzentrischen Vornamen ein gewaltiges Temperament und die Lust an der Selbstinszenierung geerbt. Das unerreicht riesige Ego dagegen hatte er ausschließlich sich selbst und seinen Fähigkeiten zu verdanken.

Mit diesem Rüstzeug hatte er, ursprünglich ein gesellschaftlicher Niemand, als Stipendiat die Semester Geschichtswissenschaften an der Universität in Oxford durchlaufen und nach seinem ausgezeichneten Abschluss einen außergewöhnlichen Ruf in Englands

High Society erworben. Jede Gesellschaft, zu der er geladen war, galt als schick, jedem Künstler, den er lobend erwähnte, standen die großen Galerien offen. Nicht Wenige wussten außerdem eines seiner weiteren Betätigungsfelder zu schätzen: Er führte private Ermittlungen durch. Dezent – im Rahmen der ihm gegebenen Möglichkeiten – und verschwiegen beschaffte er abhandengekommene Schmuckstücke, trieb verschollene Familienmitglieder auf oder sorgte dafür, dass schwarze Schafe unauffällig das Land verließen. Diese Dienste waren den Betroffenen oft eine größere Summe Geld wert, und da O'Leary den Luxus zwar nicht brauchte, aber von Herzen genoss, nahm er das Geld stets mit Dank an und war auf diese Weise im Laufe der Jahre auch finanziell mehr als gut gestellt.

Den roten Lancia, den ich leise fluchend über die schmalen Straßen steuerte, hatte er sich in Cardiff in den Kopf gesetzt, wo er sich eigentlich von einigen gebrochenen Rippen erholen sollte, die ihm die Fahndung nach der verschwundenen Lady Fairfax eingebracht hatte.

Und an dieser Stelle kam ich ins Spiel: Als er den Wagen hatte, benötigte er selbstverständlich auch einen Chauffeur. Im Grunde fehlten mir für diese Stellung sämtliche Qualifikationen, denn ich war nur ein unglücklicher Hilfslehrer an einem privaten Internat für reiche, verzogene Bengel. Weder konnte ich ein Automobil bewegen noch gab ich einen brauchbaren Kammerdiener oder auch nur einen halbwegs tauglichen Assistenten ab. Aber meine Augenfarbe passte perfekt zur Chauffeursuniform und das Übrige, meinte O'Leary, würde ich schon noch lernen. Bisher hatte ich noch keine Minute bereut.

In gehobener Stimmung gab ich Gas, hielt Ausschau nach einem Wegweiser und kurbelte gleich darauf mit aller Kraft am Lenkrad, um den Lancia von dem breiten, doch immer noch befahrbaren Waldweg auf einen schmalen Pfad aus festgetretenem Lehm zu befördern.

Die Gegend wurde zunehmend kultivierter. Rechts öffnete sich das Unterholz zu weiten, freien Feldern, auf denen das Korn sommerlich hoch stand, links wurden die Bäume niedriger und wichen schließlich einer mannshohen, akkurat gestutzten Hainbuchenhecke. O'Leary machte den Hals lang, um darüber zu spähen, aber der Lancia fuhr unvorhergesehen durch eine Bodenwelle und mein Arbeitgeber krachte auf seine Kehrseite.

»Merken Sie sich diese Stelle, oh Danny Boy«, brummte er. »Ich werde mich persönlich beim Bürgermeister darüber beschweren!«

Ehe ich antworten konnte, ging der Lancia schon wieder in die Knie. Ich bekam Angst um das Bodenblech und drosselte den Wagen auf Schritttempo.

»Wenn Sie so weitermachen, sind wir übermorgen noch nicht in Levett House«, meckerte O'Leary leise und klammerte sich an der Tür fest. »Das Geld in diesem Dorf muss definitiv auf der anderen Seite der Hecke sein und dem Colonel ist anscheinend nicht danach, den öffentlichen Wohltäter zu geben. Na ja, er ist neu hier, vielleicht hat er sich noch nicht richtig eingelebt. Vorsicht, Schwein von rechts!«

In einem höllischen Tempo kreuzte eine kolossale Sau den Weg, gefolgt von einem dürren, dunkelhaarigen Mann in einem hellen Leinenanzug und mit bloßen Füßen, der sie offenbar einzufangen versuchte, ehe sie durch die Hecke schlüpfte. Aber die Sau hatte einen guten Vorsprung und ließ sich weder durch sein Geschrei noch durch seine Gesten zur Kursänderung bewegen.

»Viel Glück«, murmelte ich und ließ den Lancia wieder anrollen.

***

Einige Hennen und Kurven darauf bog die Hecke nach links ab und vereinigte sich mit einer weiteren Hecke zu einer langen, schmalen Auffahrt. An ihrem Ende, auf einer kleinen Anhöhe, schlicht, grau und massig, erhob sich Levett House.

Es bestand aus einem schmalen, dreistöckigen Haupthaus mit zwei L-förmig angesetzten Flügeln. Die Front schien elisabethanisch, der ursprüngliche Bau aber musste weitaus älter sein, denn seine Fenster glichen schmalen Schießscharten, die den Ankömmlingen misstrauisch entgegenblinzelten. Die Fenster der zweigeschossigen Flügel waren größer, ein wenig unregelmäßig angeordnet und durch schwere hölzerne Fensterläden gesichert. Es gab weder Erker noch Türmchen, weder Säulen noch Zinnen, nur die massiven grauen Mauern, die Macht und Uneinnehmbarkeit verströmten wie eine alte Trutzburg.

»Seltsam, dass sie den Wassergraben mit den Krokodilen weggelassen haben«, sinnierte ich.

O'Leary beugte sich weit hinaus, um durch die noch immer beidseitig aufragenden Hecken einen Blick in den berühmten Park mit seinen Blumenrabatten zu werfen.

»Autsch!«, entfuhr es ihm, als ein Zweig durch sein Gesicht peitschte.

»Ziehen Sie den Kopf ein«, empfahl ich, aber mir war klar, dass dieser Rat wenig Sinn hatte. Der Lancia war eindeutig zu breit für diese Auffahrt und ich benötigte meine gesamten bescheidenen Fahrkünste, um nirgends anzuecken.

O'Leary beugte sich über mich und betätigte energisch die Hupe. Eine Dreiklang-Fanfare gellte über den Platz und scheuchte eine Handvoll Tauben auf.

»Oh Danny Boy«, rief mein Arbeitgeber beschwingt, »was nützt dieser Wagen, wenn niemand unsere Ankunft zur Kenntnis nimmt?«

»O'Leary«, erwiderte ich und schüttelte den Kopf, um das Pfeifen in meinen Ohren loszuwerden, »Sie können tun, was Sie wollen, man wird Sie immer zur Kenntnis nehmen.«

Er grinste breit. Meine Antwort gefiel ihm.

***

Das Hupkonzert hatte Erfolg gehabt. Die Tür des Haupteingangs oberhalb der Freitreppe schwang auf und ein rothaariges, adrett gekleidetes Dienstmädchen spähte heraus. Sofort drängte sich eine kleine, alte Frau offensichtlich indischer Herkunft dazwischen, reckte drohend den riesigen Eichenstock, auf den sie sich stützte, und jagte das Dienstmädchen wieder hinein. Der Butler, aufrecht wie eine Fahnenstange, erschien im Türrahmen und schüttelte missbilligend den Kopf. In seinem Windschatten lugte ein junger, blonder Diener um die Ecke und versuchte wohl herauszufinden, wie groß seine Chancen waren, unser motorisiertes, rotes Wunderwerk einzuparken. Ein Pfau, von dem Getöse aufgeschreckt, erhob sich gravitätisch von seinem Platz unter einer Ulme und schritt quer über den Hof, den langen, blau-grünen Schwanz wie eine Schleppe hinter sich her schleifend.

Ich ließ den Wagen sanft in eine Lücke zwischen einem Rolls-Royce und einem Bentley rollen und stellte den Motor ab.

»Herzlich willkommen, Sir!«

Wie der Blitz war der neugierige, junge Diener neben der Beifahrertür aufgetaucht und öffnete mit einer eleganten Verbeugung den Schlag.

»Sie müssen Mister O'Leary sein, Sir«, plauderte er weiter. »Wir alle sind außerordentlich geehrt durch Ihr Kommen, Sir. Wir sammeln alle Berichte über Sie in einem Ordner in der Küche. Fathoms mein Name, Sir. Darf ich Ihren Koffer nehmen?«

O'Leary lächelte geschmeichelt. Fathoms hatte genau den richtigen Ton getroffen.

»Besten Dank«, unterbrach ich die traute Zweisamkeit, »aber das ist meine Aufgabe. Gehen Sie doch hinein, Fathoms, und schauen Sie nach, ob Mister O'Learys Zimmer gerichtet ist.«

Der junge Mann kniff die Lippen zusammen und musterte mich, aber da er meine genaue Stellung augenblicklich nicht einordnen konnte, blieb ihm nichts anderes übrig, als mit einem geknurrten »Sehr wohl, Sir!« kehrtum zu machen und ins Haus zurückzukehren.

»Eifersüchtig?«, wisperte mein Arbeitgeber.

Mir stieg die Röte in die Wangen, aber er lächelte nur selbstgefällig, lehnte sich zurück, bis ich um den Wagen herum gehechtet war, um ihm den Arm zu reichen, und inszenierte seinen Auftritt.

Zunächst stellte er ein Paar imposante halbhohe, schwarze Lederstiefel auf den Schotterweg. Es folgten die Beine, in sahneweiße Seidenstrümpfe und weite Kniebundhosen aus dunkelrotem Samt gehüllt, der selbstverständlich den exakten Farbton der Karosserie aufnahm. Darüber umspielte ein reich mit Rüschen besetztes Hemd die Figur O'Learys, das mit einer eher knappen, schwarzen Weste im Zaum gehalten wurde. Um die Schultern schmiegte sich ein kurzer, schwarzer Pelzumhang, der mit dem ordentlich gestutzten, schwarzen Dreitagebart harmonierte, auf dem Scheitel saß keck ein Barett, auf dem eine Fasanenfeder wippte. Er dehnte sich wie eine verspielte Katze. Nur wer genau hinsah, bemerkte unter den üppigen Kleidungsschichten die gut ausbalancierte Muskulatur und in den glänzenden, tiefschwarzen Augen die gespannte Aufmerksamkeit.

Mein Arbeitgeber schaute sich um und schritt gemächlich auf die große Freitreppe zu. Er liebte Freitreppen.

Mit zusammengebissenen Zähnen, in der rechten Hand meine leichte Reisetasche und in der linken den bleischweren Schrankkoffer O'Learys, stolperte ich hinterdrein.

»Danny Boy, vergessen Sie die Hutschachteln nicht«, erinnerte er mich und strich mit der beringten Hand eine vorwitzige Locke über seiner Schläfe glatt. »An dem Dilemma sind Sie selbst schuld, Sie hätten den Koffer Fathoms anhängen können.«

Bewegungslos wie eine Statue erwartete uns der Butler auf der obersten Stufe. Sein dunkler Anzug mit den rasiermesserscharf gebügelten Falten sah aus wie in Stein gemeißelt und sein graues, mehr als exakt geschnittenes Haar verstärkte diesen Eindruck. Seine Züge waren alterslos, wie es sich für einen teuren Butler gehörte, die Nase trug er recht hoch und seine grauen Augen starrten über uns hinweg ins Leere. Gerade war ich zu der Überzeugung gekommen, dass er ausgestopft sein musste, da zuckte ein Nerv über seinem linken Auge. Einmal, zweimal. Er senkte den Blick um ein paar Nuancen, gerade so, dass er uns möglicherweise wahrnahm, machte sich aber keineswegs so weit mit uns gemein, dass etwa ein Lächeln seine Mundwinkel entstellt hätte.

»Mister O'Leary, Sir«, sagte er, ohne die Gesichtsmuskeln zu bewegen, »herzlich willkommen in Levett House. Mein Name ist Brown. Der Colonel erwartet Sie in der Bibliothek. Er möchte Sie unter vier Augen sprechen, bevor er Sie den anderen Gästen vorstellt.«

O'Leary nickte knapp. Er hatte ein Gespräch dieser Art erwartet, immerhin waren wir nicht ausschließlich zum Wochenendvergnügen hier. Für einen Moment sah es so aus, als wolle er dem Butler folgen und mich mitsamt dem Gepäck auf der Schwelle stehen lassen. Aber dann wandte er sich zu mir und zog die Stirn kraus.

»Dies ... ist mein persönlicher Sekretär«, sagte er. »Da er die Protokolle führt, wäre es mir lieb, wenn er bei der Unterredung zwischen dem Colonel und mir anwesend sein dürfte. Bitte fragen Sie den Colonel, ob es genehm ist.«

»Selbstverständlich, Sir.« Noch immer ohne eine Miene zu verziehen. »Wenn Sie bitte eintreten möchten?«

Wir mochten.

***

Die Eingangshalle war nicht ganz so groß wie ein Hauptbahnhof, allerdings sehr viel auffälliger dekoriert. Colonel Banks hatte in Indien ein gutes Jahrzehnt seines Lebens verbracht. Wenn man aber erblickte, was er in dieser Zeit an Schätzen aufgehäuft hatte, hätte man vermutet, er habe ein ganzes Jahrhundert gebraucht. Elefantenstoßzähne und Tigerfelle drängten sich an den Wänden. Sie ließen kaum Platz für die erlesenen Prunkdolche in ihren golddurchwirkten Brokatscheiden und die seidig schimmernden Vorhänge, auf denen Szenen aus der indischen Mythologie dargestellt waren. Eine aus einem einzigen Jadestein geschnitzte Gottheit mit Elefantenkopf hockte in einer Ecke. Neben ihr lehnte eine schwarze Ebenholzfigur mit sieben Armen. Prachtvolle Saris leuchteten violett und gelb, ein goldener Pokal, dicht mit Rubinen besetzt, stand in einer Nische unter der Treppe. Dazwischen hingen eine Menge Waffen, bestimmt genug, um die englische Armee für einen weiteren großen Krieg zu rüsten, und möglicherweise sogar ausreichend, um der Gegenseite eine sportliche Chance zu geben. Ich entdeckte eine alte Muskete, vielleicht eine Brown Bess oder ihr Nachfolgemodell, ein Indian Pattern. Daneben hing eine Westley Richards, und neben dieser, komplett mit Bajonett, eine Enfield No. 1 MK. Darunter war ein ganzes Sortiment von Stichwaffen aufgehängt, ein Talwar mit der typischen gebogenen Klinge, ein Katar, der indische Faustdolch, und ein beeindruckender Klingenstreitkolben, der einem Morgenstern ähnelte, nur dass die Verbindung zwischen dem klingenbesetzten Schlagkopf und dem Griff nicht beweglich war.

»Oh Danny Boy«, zischte mein Arbeitgeber, »hören Sie auf, sich im Kreis zu drehen, und machen Sie den Mund zu! Sie sehen aus wie ein Derwisch.«

»Aber schauen Sie doch nur, O'Leary«, protestierte ich ebenso leise.

»Das tue ich. Aus den Augenwinkeln. Ist Ihnen aufgefallen, dass einige der Gegenstände sorgsam geputzt und aufgestellt sind, während andere beinahe gewaltsam in den Hintergrund geschoben wurden? Dort, die Schale ist sogar fast von ihrem Sockel gekippt worden.«

Ich zuckte die Achseln. »Vermutlich sind einige Gegenstände wertvoller als die anderen.«

»Aber gewiss ist doch dieser erlesene Ganesha aus Jade mehr wert als die kleine, tönerne Vase gleich neben ihm.«

»Vielleicht hängt der Colonel an einigen Gegenständen mehr als an anderen«, schlug ich vor.

»Ein guter Gedanke. Aber ich glaube nicht, dass der Colonel persönlich für die Aufstellung seiner Dekoration ...«

»Colonel Banks erwartet Sie beide«, verkündete in diesem Augenblick Brown, der aus dem Schatten einer Arkade trat. »Hier entlang, wenn ich bitten darf! Ich schlage vor, dass Sie die Koffer hier auf dem Treppenabsatz stehen lassen. Fathoms wird sie mit dem übrigen Gepäck auf Ihre Zimmer bringen.«

Erleichtert stellte ich meine Last ab und lief hinter O'Leary her, der wie immer mit raumgreifenden Schritten vorauseilte, sodass die Zipfel seines Umhangs hinter ihm her wehten wie zwei streitende Kater. Der Gang, durch den wir liefen, endete in einer Sackgasse vor einer riesigen Tür.

»Die Bibliothek«, erklärte Brown überflüssigerweise und stieß die beiden Flügel weit auf. O'Leary marschierte an ihm vorbei. Ich machte hinter ihm einen Schritt in den Raum – und erstarrte.

Einst war die Bibliothek von Levett House berühmt gewesen. Die deckenhohen Wandregale hatten die Fülle von Erstausgaben und wertvollen Sonderauflagen nicht fassen können, sodass sie seinerzeit in zwei Reihen voreinander standen, die mit Hilfe eines komplizierten hydraulischen Antriebs zur Seite gefahren werden konnten. Dem Kundigen eröffnete sich dort die gesamte abendländische Historie und Philosophie. Unter den vertretenen Sprachen waren Latein und Griechisch, Holländisch und Spanisch, in trauter Einigkeit, sofern sie denselben Gedanken zum Inhalt hatten. Angeblich genügte es, diese Hallen zu betreten, um vom Hauch der Gelehrsamkeit erfasst zu werden. Natürlich hatte ich die Bibliothek in ihrer Glanzzeit nicht selbst gesehen, aber als Student hatte ich gelernt, ihren Namen mit Ehrfurcht auszusprechen.

Aber all das war Vergangenheit. Ob die Sammlung nach dem Tod des letzten Lord of Blackburne geteilt und verkauft worden war oder ob sie das Feuer vernichtet hatte, war nicht festzustellen. An diesem Ort war jedenfalls nichts mehr von ihr übriggeblieben. Die meisten Regale waren herausgerissen, um Platz zu schaffen. An ihrer Stelle waren nun bequeme Sitzecken eingerichtet, die durch neu geschaffene Fenster Licht erhielten. Drei breite Sessel standen vor einem großen Kamin. Einige flache Vitrinen links und rechts davon enthielten Illustrationen aus orientalischen Schriften. Der gesamte übrige Platz war mit Schätzen aus Indien bedeckt. Die Teppiche lagen so hoch, dass sie federten wie die Beplankung eines Schiffes. Ein ausgestopfter Tiger lauerte in einer Ecke, die Vorderbeine zum Sprung erhoben. Seine Anwesenheit schien die wenigen noch vorhandenen Bücher vollkommen eingeschüchtert zu haben, denn sie standen stramm und unberührt in

Reih und Glied, wie uniformierte Soldaten mit roten Lederrücken und Goldschnitt.

»O'Leary!«, dröhnte in diesem Augenblick eine so gewaltige Stimme, dass ich zunächst glaubte, sie müsse dem Tiger gehören. »Glänzend, dass Sie sich so kurzfristig die Zeit für einen Besuch nehmen konnten! Ist mir eine Freude! Nun kann wohl nichts mehr schiefgehen, nicht wahr?«

Colonel Warren Banks, unser Gastgeber, war mehr als sechs Fuß hoch und beinahe ebenso breit. Er hatte ein schweres, gerötetes Gesicht mit lebhaftem Mienenspiel, kleine, gerissene Augen und einen wollüstigen Mund, den er hinter einem breiten, pfeffer- und salzfarbenen Schnauzbart verbarg. Der oberste Knopf seines weißen Hemdes stand offen, um ihm mehr Luft zu verschaffen, ansonsten war er korrekt für einen Ausflug in den Dschungel gekleidet, mit beigen Breeches, hohen Stiefeln und einem locker über die Schultern gehängten Jackett. Er griff nach dem Arm O'Learys und begann ihn auf und ab zu bewegen wie einen Pumpenschwengel.

»Großartiges Wetter!«, rief er dabei und musterte mit zusammengezogenen Brauen O'Learys farbenfrohen Aufzug. »Werden den Tee auf der Terrasse nehmen. Dann sollen Sie auch die anderen Gäste kennenlernen.«

Nachdenklich rieb er sich über die Unterlippe. »Bin mir sicher, dass es alle ehrliche Kerle sind, einschließlich dieser weitgereisten, jungen Dame. Aber Vorsicht ist der bessere Teil der Tapferkeit.«

O'Leary löste behutsam seine Hand aus dem schraubstockartigen Griff und deutete auf meine Wenigkeit.

»Mein Sekretär Danny.«

»Natürlich!« Der Colonel wandte sich mir zu und grapschte mit ungebrochenem Enthusiasmus nach meinen Fingern. »Halten dem alten Knaben den Rücken frei bei seinen Ermittlungen. Großartige Sache! Sah Sie durch das Fenster am Lenkrad dieses Lancia. Sorgen also auch dafür, dass er immer zeitig an Ort und Stelle ist. Großartiges Automobil! Wunderbar!«

Damit ließ er meine Hand wieder fahren und entließ mich so abrupt aus dem Zentrum seiner Aufmerksamkeit, dass ich verwirrt blinzelte.

O'Leary schluckte noch an dem »alten Knaben«. »Haben Sie Grund zu der Annahme, dass es jemand auf Ihre Sammlung abgesehen hat?«, fragte er kühl.

Schlagartig schien der Colonel ernüchtert. »Bezirkspolizei war hier«, knurrte er, »ein Detective Inspector. Wollte sicher nur rumschnüffeln. Sagte, er müsse mich warnen. Mich! Warnen! Ging erst, nachdem ich versprochen hatte, einen privaten Ermittler einzuschalten.«

Seine Augen wurden schmal. »Kenne mich mit so etwas nicht aus. Haben wir noch nie gebraucht. Wer hier einsteigt, bekommt es mit mir zu tun. Aber versprochen ist versprochen. Stehe zu meinem Wort. Fathoms nannte Ihren Namen. Großer Bewunderer, offensichtlich.«

»Was genau«, erkundigte sich O'Leary, »hat der Detective Inspector gesagt?«

Colonel Banks wandte sich um und wanderte im Gang auf und ab. Ich dachte schon, wir wären entlassen, aber plötzlich machte er kehrt, und das erlöste Grinsen auf seinem Gesicht konnte nichts anderes bedeuten als die Freude darüber, dass er sich an Teile dieses unerquicklichen Gesprächs erinnerte.

»Scheint jemanden auf dem Kieker zu haben, Ausländer, dem Namen nach. Langfinger, der es auf Edelsteine abgesehen hat.«

O'Learys Augen begannen zu glimmen wie Kohlestücke. »Der Name war nicht etwa Rhosyn?«

»Doch. Genau der. Soll nur kommen. Der Detective Inspector wollte hier Stellung beziehen. Überall Polizei, rund ums Haus. Konnte ich nicht zulassen. Wäre nicht sportlich, gegen einen Einzelnen.«

»Rhosyn, oh Danny Boy«, erklärte O'Leary, in meine Richtung gewandt, »ist derzeit der gefürchtetste Verbrecher in ganz England. Wir können nicht einmal ausschließen, dass er oder möglicherweise sie auch unter einem anderen Namen auf dem Kontinent bekannt ist, denn er ist ein Meister der Tarnung und Verkleidung. Die einzige Spur, die wir haben, ist die eintätowierte Rose auf seinem Handgelenk, von der er seinen Spitznamen hat. Scotland Yard sieht darin eine Jugendsünde, die ihn angreifbar macht. Aber ich bin nicht dieser Meinung. Ich glaube, dass Rhosyn sich dieses Merkmal erst kürzlich hat stechen lassen, als Reaktion auf seine ersten Erfolge. Er ist übermütig. Er will beweisen, dass die Polizei ihn nicht einmal dann erwischen kann, wenn er ein eindeutiges, klar sichtbares Merkmal an sich hat. Und der Bursche hat recht. Die Art, in der er seine Coups durchführt, hat etwas regelrecht Übermenschliches.«

»Wird bluten wie jeder andere, wenn ihn eine Kugel aus meiner Enfield erwischt«, mischte sich der Colonel ein. »Brown bewacht den Garten, meine Haushälterin Mani das Haus. An den beiden kommt niemand vorbei. Ausgeschlossen. Aber der Detective Inspector wollte sich nicht abwimmeln lassen. Sorgen um meine Sicherheit. Pah.«

Er winkte mit der Hand, als wolle er uns wie Fliegen verscheuchen.

»Möchte nicht, dass meine Gäste sich durch Sie belästigt fühlen. Aber versprochen ist nun mal versprochen. Also halten Sie sich zurück. Sollen dezent ein Auge darauf halten. Keinen der Gäste beleidigen oder durch einen unbegründeten Verdacht in Verlegenheit bringen, verstanden?«

»Was ist mit dem Personal?«, schaltete O'Leary sich ein.

»Absolut vertrauenswürdig, natürlich.«

»Jeder von ihnen?«

An den Fingern zählte Colonel Banks ab: »Brown, mein Butler. War mein Bursche im Krieg, hat mir mehr als einmal zur Seite gestanden. Fathoms, junger Kerl hier aus dem Dorf. Sein Vater hat sich für ihn verbürgt. Doreen, das Zimmermädchen. Soll froh sein, dass sie bei mir untergekommen ist. Und Mani, meine Haushälterin. Ist aus Indien mitgekommen. Gehört mir an mit Haut und Haar, sozusagen. Sind doch für Ihre Logik bekannt, O'Leary? Warum sollte das Personal ausgerechnet auf dieses Wochenende warten, um mich auszurauben? Viel zu viele Zeugen!«

Er zog so heftig an einer Klingelschnur, dass ich den Kopf einzog für den Fall, dass er den Klingelzug komplett aus der Wand reißen würde.

»Lasse Sie jetzt zu Ihren Zimmern bringen. Tee in einer Stunde, auf der Terrasse.«

Damit drehte er uns seine Kehrseite zu und verschwand in den Tiefen der Bibliothek. Vermutlich machte er dort Jagd auf Bücherwürmer.

Während wir uns ebenfalls umwandten und behutsam an dem Tiger vorbei zum Ausgang strebten, warf O'Leary mir einen langen, nachdenklichen Blick zu. Ich zuckte die Achseln. Was sollte ich zu diesem Auftritt sagen? Ich konnte nur hoffen, dass der Colonel im Voraus bezahlt und O'Leary den Scheck bereits vor unserer Abreise eingelöst hatte.

Wir hatten die Bibliothekstür erreicht und blieben eine Weile unschlüssig stehen. O'Leary wühlte nach seiner Gewohnheit in den zerknitterten Papieren auf dem Schreibtisch, ich versuchte mir in einer detektivischen Anwandlung den Grundriss der Bibliothek einzuprägen, ehe der unermüdliche Fathoms sich erneut zu uns gesellte und sich nach einer knappen Verbeugung an die Spitze unserer kleinen Truppe setzte. Als wir den unteren Treppenabsatz erreichten, schnappte er sich O'Learys Schrankkoffer und wuchtete ihn schnellen Schrittes die Stufen hinauf, ohne die Miene zu verziehen. Seine Puste reichte sogar noch aus, um ein »Die Treppe hinauf, Sir! Wenn Sie mir bitte folgen mögen, Sir. Bitte beachten Sie die Gemälde, Sir«, hervorzustoßen.

Ich verdrehte die Augen. Widerwärtig, so etwas.

O'Leary sagte nichts.

Ich nahm meine Reisetasche auf, ergriff dankbar das Geländer und folgte einmal mehr O'Learys Umhangzipfeln. Dabei beachteten wir die Gemälde. Es waren Dutzende überdimensionierter Ölschinken, die Jagdszenen aus Indien zeigten. Während wir über die nachlässig ausgelegten indischen Treppenläufer in den zweiten Stock kletterten, sah ich in Öl gemalte Männer, die von Tribünen auf Tiger schossen, Männer, die von Elefantenrücken aus auf Tiger schossen, Männer, die ihre Hunde auf angeschossene Tiger hetzten … mir wurde ein wenig übel davon. Endlich endeten die Gemälde, aber es wurde nicht besser. Nun hingen schwarz-weiße Fotografien an den Wänden. Sie zeigten den Colonel, der auf ein Gebüsch zielte, den Colonel, der auf einem Berg von erschossenen Tigern posierte, und den Colonel, der sich auf zwei Elefantenstoßzähne stützte, während er anscheinend die Huldigungen der vom Tiger befreiten Dorfbewohner entgegennahm und mit leutseligem Winken beantwortete.

Endlich hatten wir den oberen Treppenabsatz erreicht. Vor uns erstreckte sich ein langer, nur mäßig beleuchteter Gang, dessen Seiten und Decke mit dunklem Holz getäfelt waren. Links und rechts bemerkte ich üppig verzierte Eichentüren. Während Fathoms inzwischen stumm und keuchend vor uns her lief und den Schrankkoffer mit grimmigen Blicken bedachte, schwenkte ich aus, um die Schilder zu betrachten, die neben den Türen hingen. Es waren zierliche Messingschilder mit Papierkärtchen darin, überraschend geschmackvoll nach all diesen toten Tigern, und auf jedem Kärtchen stand in feiner, gestochener Schrift ein Name. An der ersten Tür zur Linken stand *Professor Basil Figgs*, gegenüber *Bischof Jeremiah Cassock*. Der Gang machte eine Biegung nach links, bevor zwei weitere Türen in Sicht kamen. *Miss Guinevere Huntington* stand an der linken Tür, *Prinz Qazim* an der rechten. Nun ging es ein Dutzend Schritte geradeaus weiter, vorbei an einer Kommode mit Tigerfüßen, auf der drei aus Elfenbein geschnitzte Elefanten standen, und schließlich erreichten wir zwei weitere Türen. An der linken stand *Mr. Cristóbal O'Leary*, und an der rechten schließlich der Name meiner Wenigkeit, *Mr. Daniel Ffordes*.

Fathoms zögerte nicht einen Augenblick. Er nickte mir zu, wies mit dem Kinn auf die Tür mit meinem Namen und stellte den Schrankkoffer ab, um die Tür zur Linken schwungvoll zu öffnen und O'Leary mit einem strahlenden Lächeln den Vortritt zu lassen.

Ich seufzte. Es würde ein sehr langes Wochenende werden.

2. ILLUSTRE GESELLSCHAFT

D as Zimmer versöhnte mich mit meinem Schicksal. Es war riesig, etwa doppelt so groß wie das Apartment in Cardiff, das ich mit zwei Kollegen geteilt hatte. An der linken Wand stand ein Bett aus Mahagoniholz, über das sich wie ein Wasserfall ein großes Moskitonetz ergoss. Darunter lagen Seidenkissen und Decken in Rot und Gold, was dem Zimmer einen orientalischen Anstrich verlieh. Auf dem passenden Nachttisch war eine Karaffe mit frischem Wasser bereitgestellt.

Vor dem französischen Doppelfenster stand ein Schreibtisch, so massiv, dass er sogar einer Sepoy-Attacke standgehalten hätte. Ein mit feinem Schnitzwerk verzierter Stuhl war daran geschoben. Rechts daneben schließlich befanden sich eine große Kommode, in die ich meine Sachen räumte, und ein Kamin, der Jahreszeit entsprechend nicht beheizt.

Eine weitere Tür, einladend geöffnet, führte in ein Badezimmer. Auf dem Weg dorthin versank ich so tief im Teppich, dass ich flüchtig bedauerte, kein Buschmesser bei mir zu haben. Das Badezimmer selbst entlockte mir einen zufriedenen Seufzer: Ein Waschbecken, ein Handtuchhalter mit weichen, weißen Handtüchern, eine Badewanne auf Tigerpfoten. Hinter einer kleinen Schwingtür verbarg sich die Toilette.

»Oh Danny Boy?«

Die tragende Stimme meines Arbeitgebers holte mich aus meinen Träumereien zurück. Ich schloss die Tür zum Badezimmer hinter mir und trat durch meine Räumlichkeiten zurück auf den Flur, wo O'Leary im Türrahmen seines Zimmers lehnte.

»Haben Sie bereits Ihre Reisetasche ausgepackt? Dann könnten Sie sich meinem Gepäck widmen. Oder wäre es Ihnen lieber, wenn ich den guten Fathoms damit beauftragte?«

»Ich bin in einer Minute bei Ihnen«, knurrte ich und erhielt als Antwort ein leises Kichern. O'Leary wusste genau, wie er mir Beine machen konnte.

Sein Zimmer, zu meinem spiegelverkehrt gebaut und eingerichtet, war natürlich noch ein wenig großartiger als meins. Ein beeindruckendes Himmelbett ragte in den Raum, blütenweiß bezogen und mit leuchtend gelben Seidenkissen geschmückt. Sein Kamin, wiewohl ebenfalls unbeheizt, war groß genug, um darin einen Tanztee zu geben. Statt mit einer Kommode war sein Zimmer mit einem riesigen Schrank ausgestattet, und die Tigerpfoten seiner Wanne waren vergoldet.

Hinter seinen Fenstern eröffnete sich ein Balkon, von dem aus man den Park mit seinem gepflegten Rasen, seinen Blumenrabatten und dem berühmten Brunnen überblicken konnte. Der Pfau, den wir bei unserer Ankunft gesehen hatten, durchschritt gerade ein Labyrinth aus Hecken, wo er gemächlich ein Körnchen nach dem anderen aufpickte.

O'Leary ließ sich, die Hände im Nacken verschränkt, auf das Bett fallen. »Seien Sie so gut«, murmelte er verträumt, »und suchen Sie für den Tee einen leichten Anzug heraus.«

Bald darauf waren unsere Sachen verstaut. O'Leary hatte sich für den Nachmittagstee umgezogen. Er trug jetzt ein Ensemble in Malve und Erika, eine weit geschnittene, bequeme Hose, darüber ein helleres, lässig fallendes Hemd. Die Absätze seiner Schuhe waren mindestens vier Zoll hoch, vermutlich hatte ihn die Größe unseres Gastgebers angestachelt, ebenfalls hoch hinaus zu streben. Was den Schmuck betraf, so hatte er sich allerdings löblich zurückgehalten. Ich zählte lediglich vier Ringe, zwei riesige Manschettenknöpfe und eine goldene Taschenuhr.

Ich zupfte meinen schlichten, hellen Anzug glatt. Immerhin hatte O'Leary nicht darauf bestanden, dass ich am gesamten Wochenende meine Chauffeursuniform ausführte, und als kleines Zeichen meiner Dankbarkeit für diese großzügige Regelung trug ich das Einstecktuch, das ihm so gut gefiel: ein aufdringliches, rohseidenes Ungetüm, das beinahe die Reverstasche sprengte.

»Wir geben ein hübsches Paar ab«, lobte er mit einem breiten Grinsen. »Was meinen Sie, oh Danny Boy? Sollen wir nach Fathoms klingeln oder finden wir den Weg zur Terrasse allein?«

»Ich denke, auf den können wir verzichten«, erklärte ich grimmig. »Aber ich hätte nach einem Bauplan fragen sollen. Ganz sicher jedenfalls müssen wir zurück ins Treppenhaus und hinunter in die Eingangshalle. Vielleicht können wir von dort aus schon die anderen Gäste hören.«

Aber als wir am Ende des Ganges angekommen waren, hörten wir zunächst etwas anderes: Aus einer der Nischen am Treppenaufgang, die mit einem indischen Sari verhängt war, drang eine leise, murmelnde Stimme.

O'Leary bremste hart ab und verharrte auf der Stelle. Ich wollte etwas sagen, aber er hob warnend die Hand.

Das Gemurmel wurde deutlicher, eine gepresste, unnatürliche und seltsam geschlechtslose Stimme, die Beschwörungen hervorzustoßen schien. Der Sari beulte sich aus, als die Gestalt dahinter gestikulierend die Arme über den Kopf hob – es war ein großer, beinahe monströser Kopf, der sich gegen den blutroten Stoff abzeichnete.

Ein Ellbogen stupste mich in die Rippen. Mühsam unterdrückte ich einen Aufschrei, fuhr herum und blickte in O'Learys tadelndes Gesicht. Er deutete mit dem Daumen. *Zurück.* Auf leisen Sohlen schlichen wir in die entgegengesetzte Richtung davon, den Gang entlang, den wir gerade gekommen waren, und auf unsere Zimmertüren zu. Dort angekommen, griff O'Leary hinter sich, öffnete seine Tür ein Stück und schmetterte sie dann mit Wucht ins Schloss.

»Kommen Sie, oh Danny Boy!«, dröhnte er. Seine Absätze knallten auf den steinernen Boden wie Trommelstöcke. Ich ahnte seine Absicht und gab mir ebenfalls Mühe, mich bemerkbar zu machen.

»Was meinen Sie?«, rief ich ausgelassen. »Ob wohl schon alle Gäste auf der Terrasse sind?«

Als wir diesmal an der Nische vorbeikamen, war alles still. Ich glaubte beinahe zu hören, wie jemand angespannt die Hände vor den Mund hielt, um das Geräusch seines Atems zu dämpfen.

O'Leary schwenkte zu den Stufen ein. *Klackediklack.* Er nahm sie mit weiten Sprüngen und wieder einmal fragte ich mich, wie er es schaffte, auf diesen Absätzen die Balance zu halten. Er wandte sich mir im Gehen zu und grinste.

»Übung«, beantwortete er die unausgesprochene Frage. »Nichts als Übung, oh Danny Boy.«

Ich blieb stehen und holte tief Luft. Wenn ich diese Angelegenheit klarstellen wollte, war sicherlich jetzt der geeignete Zeitpunkt dafür.

»O'Leary, ich wünschte, Sie würden das lassen.«

»Was denn?« Er klang ehrlich verdutzt.

»Mich *oh Danny Boy* zu nennen. Ich weiß, es ist eine Anspielung auf das Lied. Aber ich mag es nun einmal nicht. Außerdem möchte ich nicht, dass die anderen Gäste mich so nennen. Es ist unangebracht. Schließlich bin ich ein erwachsener Mensch.«

O'Leary hielt inne und sah mir geradewegs ins Gesicht. »Das sind Sie. Und Sie haben eine natürliche Begabung dafür, in der Chauffeursuniform beeindruckend auszusehen. Aber um nichts in dieser Welt kann ich Sie beim Nachnamen nennen! Meine Lippen bringen diesen walisischen Anlaut einfach nicht zustande. Es ist kein böser Wille. Möchten Sie, dass ich Sie *Daniel* nenne?«

Ich musste lachen, ich konnte einfach nicht anders. »Das halten Sie nicht durch, O'Leary. Sie werden es einfach vergessen. – Was meinen Sie, wer stand dort hinter dem Vorhang?«

»Ein Mann höchstwahrscheinlich, etwa fünf Fuß vier Inches hoch, es sei denn, er trug Absätze. Die Sprache war ein indischer Dialekt, würde ich sagen. Dieses Haus macht mich langsam nervös, es ist, als sei ein Stück Indien einfach herausgerissen und hierher verpflanzt worden.«

»Dieser Mann wird leicht zu finden sein«, bemerkte ich. »Haben Sie seinen Wasserkopf gesehen?«

»Aber Danny Boy, es ist doch offensichtlich, dass … hoppla!«

O'Leary hatte die letzten Stufen mit einem kleinen Hopser überwunden und dabei die Haushälterin über den Haufen gerannt.

Ich hatte die alte Frau bei unserer Ankunft nur von Weitem gesehen. Nun stockte mir der Atem angesichts ihrer Hässlichkeit. Sie hatte die hohe, edel geformte Stirn und die gebogene Nase ihres Volkes. Die Wangen aber waren eingefallen und mit einem dichten Gewirr aus Fältchen besetzt. Ihr linkes Auge war von einer speckigen, ledernen Augenklappe verschlossen. Das rechte Auge blinzelte dunkel und bösartig. Ihr Mund war ein scharf eingekerbter, nach unten gebogener Strich, ihre Gestalt winzig und bucklig, in mehrere Schichten bunter Kleidung gehüllt. Der große, gewundene Eichenstock, auf den sie sich beim Gehen gestützt hatte, war ihr bei dem Zusammenprall aus den Händen geglitten und quer durch den Raum in eine Ecke geschleudert worden.

Galant beugte O'Leary sich nieder und streckte die Hand aus. »Tut mir außerordentlich leid. Wenn Sie verletzt sind, werde ich selbstverständlich für sämtliche entstandenen Folgen aufkommen.«

Die alte Frau duckte sich unter seiner Hand weg als befürchte sie einen Schlag. Als dieser ausblieb, schielte sie mit dem guten Auge scheu zu O'Leary empor.

»Nur die Ruhe«, murmelte dieser behutsam, als spräche er zu einem verschreckten Tier. »Kann ich irgendetwas für Sie tun?«

Der Blick des dunklen Auges veränderte sich, starrte O'Learys ausgestreckte Hand an, als sei sie ein giftiger Skorpion. Unter wilden Verwünschungen kämpfte sich die Alte auf die Füße. Ich hatte mich unterdessen nach ihrem Stock gebückt und beugte mich vor, um ihn ihr zu geben. Mit einem Aufschrei riss sie den Stock an sich, wiegte ihn hätschelnd wie eine Mutter ihr Kleinkind und hinkte schließlich unter weiteren Drohungen und Unflätigkeiten davon.

»Na«, brummte O'Leary, »was war denn das für ein Auftritt?«

»Ich bin durchaus nicht für Strenge gegenüber Dienstboten«, pflichtete ich ihm bei, »aber wenn dies meine Haushälterin wäre, dann wären ihre Tage auf meinem Anwesen gezählt.«

»Colonel Banks hat vermutlich seine eigenen Gründe, manche seiner Dienstboten gegen die erklärte Vernunft zu beschäftigen«, murmelte O'Leary zerstreut. »Der Butler beispielsweise – Brown, nicht wahr? Ich bezweifle, dass er zu mehr als den Türdiensten fähig ist. Gewiss ist Ihnen seine Gesichtsmuskellähmung aufgefallen, nicht? Dann vielleicht sein unsicherer Gang. Höchstwahrscheinlich hat er Seite an Seite mit dem Colonel im Schützengraben gelegen und ist bei dieser Gelegenheit verwundet worden. Gas möglicherweise? Wieder daheim, erwies ihm Colonel Banks die Freundlichkeit, ihn zum Butler zu ernennen. Wer beschäftigt heutzutage schon einen Kriegsversehrten?«

Ich rieb mir unbehaglich über den Nacken, wie immer, wenn der *Große Detektiv* sich in weit hergeholten Vermutungen erging.

»Wir hätten diese Gespenstschrecke nach dem Weg zur Terrasse fragen sollen.«

»Hier entlang.« O'Leary deutete mit dem Daumen in die entgegengesetzte Richtung zu der, in der die Haushälterin verschwunden war. »Die Dame trug kein Tablett. Daher gehe ich davon aus, dass sie von der Terrasse kam, wo sie die Gäste mit Getränken versorgt hat. Ach, da hinten ist es ja schon! Hören Sie die Stimmen?«

Aus einiger Entfernung drang lebhaftes Stimmengewirr zu uns herüber, ein getragener Kirchenbass, ein staubtrockener Bariton und darüber eine helle, beinahe schneidende Sopranstimme. Hin und wieder dröhnte der Colonel in die Pausen, seine Beiträge schienen vor allem der Beschwichtigung zu dienen.

Wir durchquerten einen Salon mit den üblichen Jagdszenen, Tigerfellen und Elfenbeinschnitzereien und gelangten schließlich in einen Wintergarten, den erlesene Orchideen mit ihrem Duft füllten. Hinter mannshohen Rhododendren führte eine Tür ins Freie, hinter der wir uns unvermittelt inmitten der illustren Gesellschaft wiederfanden, deren leidenschaftlich ausgetragenem Streitgespräch wir gelauscht hatten.

»Ah – haben den Weg allein gefunden!«, rief uns Colonel Banks enthusiastisch entgegen. »Wollte gerade einen der Dienstboten schicken. Darf ich bekannt machen: der berühmte O'Leary – werden in sämtlichen Blättchen von ihm gelesen haben. Und, äh ...«

»Mein persönlicher Sekretär, Mister Ffordes«, warf O'Leary ein und bewies damit eindrucksvoll, dass er den walisischen Anlaut selbstverständlich doch beherrschte.

Der Colonel nickte mir jovial zu und deutete dann der Reihe nach auf seine Gäste, so stolz, als seien es prämierte Zuchtbullen.

»Seine Exzellenz, Bischof Cassock. Extra aus Canterbury angereist. Überragender Fachmann, was Edelsteine betrifft.«

»Aber nicht doch«, brummelte der Kirchenbass mit geschmeichelter Verlegenheit. »Was diese Kenntnisse betrifft, so bin ich leider ein Autodidakt und darüber hinaus auch bloß Theoretiker. Selig sind die geistig Armen, nicht wahr? Denn eher geht ein Kamel durch ein Nadelöhr als ein Reicher ins Himmelreich.«

Der Bischof war ein großer, kräftiger Herr in den mittleren Jahren, dessen mit roten Adern überzogene Wangen und wässrig blaue Augen auf einen fatalen Hang zum Portwein hinwiesen. Die Ringe an seinen Händen waren nicht ganz so imposant wie die O'Learys, aber von ebenso erlesener Qualität, die Steine waren echt und makellos. Um den Hals trug er ein goldenes, mit Rubinen besetztes Kreuz, so schwer, dass die doppelt gelegte Kette in seinen fleischigen Nacken schnitt. Er brabbelte noch eine Weile weiter, ehe er die Hand nach seinem Glas ausstreckte und sich einen guten Schluck genehmigte.

Der Colonel räusperte sich und fuhr fort: »Miss Guinevere Huntington, die bekannte Journalistin und Reiseschriftstellerin. Hat den halben Orient bereist – formidable Leistung für eine Frau.«

»*Enchantée*«, zwitscherte die Sopranstimme und reichte uns huldvoll die behandschuhte Rechte zum Kuss. Dort, wo der schwarze Spitzenhandschuh endete, begann schon beinahe der Ausschnitt ihres ebenso schwarzen Nachmittagskleids, deswegen hielt ich meinen Blick sittsam gesenkt und riskierte nur einen kleinen Blinzler auf das glatte, jettschwarze Haar, die blanken, schwarzen Augen, die milchweiße Haut und den feuerrot geschminkten Mund der reiselustigen Miss. Sie bemerkte meine Verlegenheit und reagierte mit einem glockenhellen Lachen.

»Ist Mister Ffordes immer so schüchtern?«, fragte sie O'Leary in kokettem Ton.

»Nur in der Gegenwart von außergewöhnlich schönen Damen«, erwiderte dieser mit einer Verbeugung. »Ich habe Ihre wahrhaft spektakulären Reiseberichte aus Arabien gelesen.«

»*Merci beaucoup*«, trällerte sie erfreut. »Bei meinem ersten Zusammentreffen mit den Wüstenscheichs legten diese eine ebensolche Schüchternheit an den Tag. Man stelle sich vor – die Männer dort sind einfach nicht daran gewöhnt, außerhalb ihrer Harems mit einer Frau zusammenzutreffen. Hat Mister Ffordes ein ähnliches Problem?«

Ich wand mich vor Verlegenheit und spürte, wie ich errötete.

Auch Miss Huntington hatte es bemerkt. »Entschuldigen Sie meine abscheuliche Offenheit!«, rief sie. »Ich vergesse immer wieder, dass ich in England bin, wo solche Angelegenheiten nicht *in coram publico* diskutiert werden. Als ich den australischen Busch bereiste ...«

»Dies ist«, unterbrach der Colonel entschlossen, »Professor Figgs, Oxford. Großartige Sammlung indischer Schriften. Hat ein Buch über indische Waffen veröffentlicht.«

»E-eher eine Br-r-roschur«, stotterte das graue, schmächtige Männchen und zwinkerte so heftig, dass der altmodische Zwicker auf seiner Nase sich beinahe selbstständig machte. Trotz der sommerlichen Temperaturen trug der Professor einen korrekten, dunkelgrauen Anzug, komplett mit Weste und Schlips. Sein einziges Eingeständnis an die Wärme bestand darin, dass er den Hut abgenommen und neben sich auf einen freien Stuhl gelegt hatte. Er hatte einen grauen Haarkranz, der ein wenig staubig wirkte, und matte, graue Augen. »S-s-sehr erfreut, Ihre B-bekanntschaft zu machen. I-ich lese nur Fachzeitschriften, aber

I-i-ihr Name, Mister O'Leary, ist mir selbstverständlich ein B-begriff.«

Erschöpft von dieser langen Rede, ließ sich der Professor zurück in seinen Stuhl sinken und strich über seinen herabhängenden Schnurrbart, als sei dieser ein verirrtes Kätzchen.

»Verbindlichen Dank«, versicherte O'Leary. »Ein wenig verstehe ich auch von indischen Waffen. Was meinen Sie, sollte man den Dsulfiquar zu den Faustdolchen rechnen? Ich bin ein wenig unsicher in der Kategorisierung, weil die typische Klingenverbreiterung fehlt.«

»D-d-das ist durchaus ein strittiger Punkt«, bestätigte der Professor und zwinkerte einige Dutzend Male, »a-a-aber vor allem seine Entstehungszeit spricht doch dafür, denn w-w-wenn Sie bedenken ...«

Hinter uns schwang die Tür zum Wintergarten auf.

»Prinz Qazim, eingereist direkt aus dem Punjab«, kündigte der Colonel an. »Sind damit komplett.«

Der Prinz brachte einen kräftigen Ostwind mit sich. Er trug ein weites, schwarzes Gewand, mit einem schwarzen Gürtel gerafft. Um seinen Hals hing eine Kette mit einem schwarzen Schmuckstein. Er legte in einer anmutig fließenden Geste die Hände an die Stirn und verneigte sich formvollendet in die Runde. Sein Turban wurde von einer Böe erfasst und knisterte, als erzähle er ein orientalisches Märchen.

»Ich bin sehr erfreut, Sie alle bei guter Gesundheit anzutreffen«, erklärte er mit dem Hauch eines Akzents. »Miss Huntington – in der Bibliothek meines Vaters befinden sich all Ihre hochinteressanten Reiseberichte. Es ist mir eine besondere Freude, nun der

Autorin dieser überaus lehrreichen Bücher in eigener Person gegenüberzustehen.«

Damit beugte er sich über Miss Huntingtons Hand und hauchte zu ihrem Entzücken einen Kuss darauf.

»Professor Figgs, Sie sind ein würdiger Bewahrer der tausendjährigen Geschichte meines Volkes. Es ist mir eine Ehre!«

»D-d-die Ehre ist ganz meinerseits«, beteuerte der Professor.

»Mister O'Leary, auch Ihre Karriere verfolge ich mit dem allergrößten Interesse. Daheim in Punjab gehen die Uhren anders, Nachrichten aus Ihrer großartigen Hauptstadt erreichen uns selten. Deswegen war ich beglückt, neulich eine Ausgabe des ‚Strand Magazines‘ zu erhalten. Wunderbar, wie Sie diese diebische, kleine Elster McMurdoch zu Fall gebracht haben! Wurde die junge Dame gehängt?«

O'Leary schüttelte sacht den Kopf. »Sie ist deportiert worden. Ich hoffe, sie findet in Brisbane ihr Glück.«

»Ich hätte ihr die Kehle durchschneiden lassen«, rief Prinz Qazim unerwartet heftig. Seine dunklen, samtigen Augen erstrahlten in leidenschaftlichem Feuer. »Das Vertrauen anderer zu seiner persönlichen Bereicherung auszunutzen, ist ein abscheuliches Verbrechen.«

»Im Prinzip stimme ich Ihnen zu«, sagte O'Leary, während er den Prinzen intensiv musterte, »aber das Mädchen ist erst sechzehn und stammt aus schwierigen Verhältnissen. In diesem Fall sollte man doch eine zweite Chance in Erwägung ziehen, zumal die persönliche Bereicherung gering ausfiel.«

Energisch schüttelte der Prinz den Kopf. »Während meiner Kindheit im Palast meines Vaters habe ich gelernt, solch einem

Abschaum gegenüber hart durchzugreifen. Dass sie nicht mehr genommen hat, geschah nicht etwa aus Rücksicht gegenüber den Eigentümern, sondern nur aus Mangel an Gelegenheit. Sie werden sehen: Auch in Brisbane wird sie wieder auffällig werden. Einmal ein Dieb, immer ein Dieb.«

Er hätte noch weiter gesprochen, aber in diesem Moment betrat die Haushälterin Mani die Terrasse, in der einen Hand ihren unvermeidlichen Stock, mit der anderen schob sie ein Wägelchen mit Getränken.

»Wunderbar!«, rief der Bischof und rieb sich erfreut die Hände. »Ich saß gerade auf dem Trockenen.«

»Hätten Sie doch Wasser in Wein verwandelt«, spöttelte Miss Huntington, nahm eine Karaffe mit Wasser vom Tisch und schwenkte sie.

Die Sonne stand schon tief über den Hecken, sie mochte einen der Rosenbüsche zum Glühen gebracht haben oder auch einen der Rhododendren im Wintergarten. Jedenfalls sahen wir alle mit unseren eigenen Augen, wie sich das Wasser in der Karaffe urplötzlich rot färbte, so rot wie Blut. Mit einem leisen Aufschrei stellte Miss Huntington die Karaffe wieder ab. Der rote Schimmer verschwand.

»I-i-in all den Jahren meiner F-f-forschungen habe ich so etwas noch nie gesehen«, murmelte Professor Figgs und nahm die Karaffe auf, um sie von allen Seiten zu betrachten.

»Lichtspiegelung«, schlug der Colonel vor. »O'Leary, einen Sherry?«

Bischof Cassocks fleischiges Gesicht war blass geworden, seine Hände zitterten, seine Lippen bewegten sich fast lautlos. Ich beugte mich näher, um ihn verstehen zu können.

»Mene mene tekel upharsim.«

»Wenn es ein trockener ist, gern«, beantwortete O'Leary die Frage des Colonels. »Seit wann ist Mani in Ihren Diensten?«

»Habe sie in Indien vor einer aufgebrachten Menge in Schutz genommen. Wollte sie nicht ihrem Schicksal überlassen, als ich nach England zurückkehrte, und habe ihr angeboten, mich zu begleiten. Bekommt sozusagen ihr Gnadenbrot, das alte Mädchen. Kost und Logis.«

Aber O'Leary schien sich gar nicht für die Antwort des Colonels zu interessieren. Stattdessen blickte er gebannt in eines der Fenster, die zum Wintergarten führten.

»Haben Sie etwas entdeckt?«, rief ich aufgeregt.

Auch die anderen wandten sich um, aber O'Leary zuckte nur die Achseln. »Ich dachte, da sei etwas. Es war wohl nur ein Blatt. Danke, Mani.«

Der Colonel ließ sich einen doppelten Gin einschenken. »Sollten uns an die belegten Brote halten«, riet er, als Mani sich entfernt hatte. »Englisches Dinner ist nicht gerade ihre Stärke.«

Wir griffen zu.

***

Nach dem Essen nickte der Colonel aufmunternd in die Runde. »Wollen nun zum Wesentlichen kommen. Sind ja schließlich nicht zum Essen hier, nicht wahr? Ich hole die Steine, die Sie begutachten sollen. Besonderes Prunkstück darunter, Smaragd … Na, Sie werden selbst sehen.«

Forschen Schrittes verschwand er im Haus und kehrte bald darauf mit einer außergewöhnlichen Schatulle zurück. Sie war aus Elfenbein geschnitzt und mit überaus detailreichen mythologischen Szenen verziert. Ich erkannte den elefantenköpfigen Gott aus der Halle ebenso wie die Göttin mit den sieben Armen, außerdem einen Affen und eine Kuh. Über allem aber thronte eine gewaltige Schlange, deren verworrene Windungen die gesamte Schatulle umfassten. Ihre feinen Schuppen waren so kunstvoll wiedergegeben, dass ich meinte, ich müsse ihr Rascheln hören. Aber das Geräusch kam nur von Professor Figgs, der sich aufgeregt nach vorn beugte.

»Colonel Banks«, sagte er, »w-w-woher haben Sie diese Schatulle?«

Gelassen schüttelte der Colonel den Kopf. »Dienstgeheimnis, alter Knabe. Sagen wir: Sie ist mir in den Bergen zugelaufen. Und überhaupt, werden sich keinen Deut mehr um die Kiste scheren, wenn Sie gesehen haben, was sie enthält.«

Damit machte er sich ungeschickt an dem Kopf der Schlange zu schaffen, schob und drehte, um den Mechanismus zu betätigen.

»Au!«, brüllte er plötzlich und starrte betroffen auf seinen Zeigefinger, der ins Schloss geraten war. »Au, verflixt, ich bekomme den Finger gar nicht mehr heraus! Helfen Sie mir doch!«

Miss Huntington, die neben dem Colonel saß, reagierte schnell. Sie drehte den Mechanismus zurück, bis der Finger wieder befreit war. Es hatten sich zwei kleine Blutstropfen an ihm gebildet. Geschwind zog sie ein Taschentuch aus ihrer Rocktasche und umwickelte den verletzten Finger damit. Aber der Colonel ließ sich kaum beruhigen. »So ein verdammter ...«

»Es ist eine Dame zugegen«, unterbrach Prinz Qazim leise, aber bestimmt.

»Hat bestimmt schon mehr Männer fluchen hören als Sie. Aber dieser Kasten schnappt nicht noch einmal nach mir!«

Wutentbrannt schlug der Colonel mehrmals mit der Faust gegen die Schatulle, ehe er sich wieder beruhigte. Er legte die Finger seiner linken Hand in die beiden unscheinbaren Mulden hinter den Augen der geschnitzten Schlange. Es gab ein eigenartiges, zischendes Geräusch. Dann glitt der Deckel ein wenig zur Seite und klappte auf. Colonel Banks gab der Schatulle einen Schubs und ihr Inhalt ergoss sich vor uns auf die Tischdecke.

»Ah«, seufzte der Bischof und schnalzte wohlig mit der Zunge.

»Außerordentlich«, murmelte Miss Huntington, die Fingerspitzen an ihre Lippen gepresst.

Wir anderen starrten schweigend auf die Pracht, die vor unseren Augen erstrahlte. In meiner Jugend hatte ich die Geschichte von der Schatzinsel gelesen und bei dem bloßen Gedanken an das Leuchten der Edelsteine einen wonnigen Schauer verspürt. Aber dieses Mal war der Schatz kein Gedanke, kein literarisches Spiel mit Worten. Er war real und lag neben dem mit dunkelblauem Samt ausgeschlagenen Kästchen.

Ich sah einen fehlerfreien Diamanten, beinahe so groß wie der Nagel meines kleinen Fingers, als Solitär in einen Anhänger gefasst. Darunter glänzten ein Diadem aus Gold und Rubinen, das einer Königin angestanden hätte, und ein kleiner Schmuckdolch in einem aus winzigen, bunten Edelsteinen gewebten Etui. Und schließlich … mein Hals wurde trocken, als ich das erspähte, was der Colonel als das Prunkstück seiner Sammlung bezeichnet hatte.

Es war ein Smaragd, so groß wie eine Kastanie, oval geschliffen und dem Augenschein nach in schlichtes Weißgold gefasst. Der Stein hatte ein inneres Feuer, wie ich es noch nie zuvor gesehen hatte. Er schien zu strahlen wie ein einsamer Stern in einer klaren Winternacht und ich spürte, wie sich mein Zwerchfell hob von der Begierde, ihn zu ergreifen. Beinahe von selbst streckte meine Hand sich aus und ich wünschte nichts weiter, als dass ich den Dolch zu fassen bekäme, um alle anderen Mitstreiter um den Besitz dieses Smaragdes aus dem Weg zu schaffen. Der Prinz schien ähnlich zu empfinden, ich sah, wie seine Finger sich Inch für Inch über den Tisch tasteten und sich dem Dolch näherten, aber ich war zu tief in dem Bannkreis des Juwels, als dass ich hätte eingreifen können.

Etwas klirrte. Ich schrak auf, ebenso wie die anderen. Die Wasserkaraffe war vom Tisch gefallen und in tausend Scherben zersprungen.

Eine kühle Hand legte sich auf meine Schulter. Ich zuckte vor ihr zurück, als hätte ich Fieber.

»Oh Danny Boy«, wisperte es an meinem Ohr, »Schönheit und Tod liegen dicht beieinander, aber niemals sah ich sie so nahe beisammen wie in diesem Haus! Trinken Sie einen Schluck.«

Ich tastete nach der Tasse Tee, die ich bestellt hatte, aber O'Leary schob sie beiseite und legte meine Finger um sein Glas trockenen Sherry. Ich trank das Glas in einem Zug aus und spürte, wie der Alkohol durch meine Gedärme brannte.

»Was ist das für ein Smaragd?«, fragte Miss Huntington mit belegter Stimme.

»Ich nenne ihn *Das Auge der Göttin*«, erwiderte der Colonel und ich glaubte, in seiner Stimme neben einigem Überschwang auch einen Hauch von Verachtung zu hören, vielleicht für uns, die wir alle – außer O'Leary – wie hypnotisiert auf den Stein starrten.

»Er würde sich wunderbar als Mittelpunkt eines Altarkreuzes machen«, dröhnte der Bischof, die Wangen noch mehr als gewöhnlich gerötet.

Der Professor winkte ungeduldig ab. »W-w-was wissen Sie über die Geschichte dieses Steins?«

»Nichts«, entgegnete der Colonel leichthin, von einem Ohr zum anderen grinsend, und rieb sich flüchtig mit der Hand über die Stirn. »Er taucht in keinen Dokumenten auf, weder in den indischen noch in den britischen. Habe ihn aufgetrieben, so wie er hier vor Ihnen liegt, und sage Ihnen gleich, er steht nicht zur Disposition. Außergewöhnliches Stück, was? Sie sagen nichts, O'Leary?«

Mein Arbeitgeber hatte sich wieder abgewandt und durch die Tür ins Innere des Wintergartens geschaut. Nun wandte er sich dem Colonel zu.

»Ich kann meinen Auftrag nicht ausführen, wenn Sie nicht offen sprechen«, sagte er mit einem Anflug von Ärger. »Wie genau sind Sie in den Besitz dieses Smaragds gekommen?«

»Werde doch meine Verbindungen nicht gefährden«, brummte der Colonel mit einem friedfertigen Lachen. »Er ist mir in die Hände gefallen, einfach so, und dabei bleibt es. Wunderbar, nicht wahr? Einfach fantastisch! Ach ja: Soll angeblich Unglück bringen. Fluch oder so etwas. Sagt man allen großen Steinen nach, oder? Nun, was meinen Sie, Miss Huntington?«

Sie löste ihren Blick nur schwer von dem Feuer des Smaragds.

»Das Auge der Göttin«, wiederholte sie sinnend. »Wie kommen Sie auf diesen Namen? An welche Göttin haben Sie dabei gedacht? Kali? Aber in einem Heiligtum der Kali würde ich eher einen schwarzen Stein vermuten. Helfen Sie mir auf die Sprünge: Welche indische Gottheit hat eine Verbindung zu Smaragden?«

O'Leary fasste sie scharf ins Auge, blieb aber stumm.

»Ach was, nur ein Name, nichts weiter! Professor Figgs?«, fragte der Colonel und blinzelte, als versuche er eine Fliege aus seinem Sichtfeld zu verscheuchen. »Was ist Ihre Meinung?«

»Überaus s-s-seltsam«, erklärte der Gelehrte und seine Stimme klang noch trockener als gewöhnlich, »dass ein so b-b-bemerkenswerter Stein keinerlei Erwähnung gefunden hat. W-w-war er bereits so gefasst, als Sie ihn entdeckten?«

»Genau so«, bestätigte der Colonel aufgeräumt.

»U-u-ungewöhnlich für einen antiken Stein«, murmelte Figgs und nestelte an seinem Zwicker. »D-d-der Schliff aller dings ist alt – s-sehr alt. Jahrhunderte vor unserer Zeit rechnung. Ich würde allerdings g-g-glauben, er sei ursprünglich anders gefasst gewesen, nicht in d-diesem glatten Weißgold ohne jedes Dekor.«

Kopfschüttelnd beugte er sich noch weiter vor, bis er das Juwel beinahe mit der Nase berührte. »A-a-aber sehen Sie doch!«, rief er in heller Erregung. »D-d-der Stein muss aus seiner originalen Fassung entfernt worden sein. Dort – am äußersten Rand ist ein r-rötlicher Schimmer, als ob ...«

»Genug!«, unterbrach der Colonel und legte den Stein energisch in die Schatulle zurück. »Können der Göttin nicht den ganzen Abend über in die Augen starren, wäre unhöflich, nicht wahr? Wollen mal sehen, ob Sie zu den anderen Schmuckstücken auch etwas zu sagen haben.«

Missmutig, beinahe lustlos wandte sich unsere Gesellschaft dem Diadem, dem Schmuckdolch und dem strahlenden Diamanten zu. Sie waren ohne Zweifel herrlich, aber indem der Smaragd unseren Augen entzogen worden war, schien die Atmosphäre mit einem Mal kühler und unfreundlicher geworden zu sein. Wie ein Liebender abkühlt, wenn die Geliebte ihm entzogen wird, und kein Auge für die Schönheit anderer Mädchen hat, so brachten auch wir nun keine echte Begeisterung mehr auf.

Der Colonel merkte es und erklärte die Tafel bald für aufgehoben. Er verschloss die Schatulle, erhob sich leicht schwankend und verschwand mit ihr im Gebäude, während wir Übrigen ebenfalls aufstanden und nach einem kurzen, allgemein gehaltenen Gespräch in Zweiergruppen durch den Garten zu streifen begannen, Miss Huntington mit dem Professor, den sie mit Fragen überhäufte, der Bischof mit Prinz Qazim und ich an der Seite O'Learys.

Ich wartete ungeduldig, bis die anderen außer Hörweite waren, dann zog ich meinen Arbeitgeber in den Schatten eines Rosenbusches.

»Der Mann, der hinter dem Sari stand ...«, begann ich aufgeregt.

O'Leary legte den Finger auf die Lippen und blickte nach links und rechts, um sich zu vergewissern, dass wir keinerlei Aufmerksamkeit auf uns zogen. »Ja, was ist mit ihm?«

»Er hatte gar keinen Wasserkopf!«, rief ich. »Es war ein Turban, so wie Prinz Qazim einen trägt. Der Prinz kam außerdem erst nach uns auf die Terrasse und er wirkte erhitzt. Glauben Sie, dass er es war?«

»Aber ja«, gab O'Leary gedehnt zur Antwort. »Es war mir bereits klar, als er zu uns trat. Die Gesten waren unverkennbar.«

»Was mag er hinter dem Sari gemacht haben?«, überlegte ich. »War es ein Gebet? Die Anrufung einer Gottheit? Oder am Ende irgendein dunkler Zauber?«

Gleichmütig zuckte O'Leary die Achseln. »Das werden wir wissen, sobald wir in die Nische geschaut haben. Ich habe allerdings schon eine Ahnung, was sich dort befindet – es besteht vermutlich vorwiegend aus Bariumoxid.«

Er lachte über meine verwirrte Miene und beschleunigte den Schritt, um gleich darauf hinter einer niedrigen Hecke in Deckung zu gehen, deren violette Blütenpracht ihn in seinem Nachmittagsanzug beinahe unsichtbar werden ließ. Ich sah mich ebenfalls nach einem Versteck um, aber mein schlichter, heller Anzug, der mir auf der Terrasse noch so dezent und unauffällig erschienen war, zeichnete sich nun gegen das Grün des Gartens viel zu deutlich ab. Schließlich schlüpfte ich hinter einen Rosenbogen und kauerte mich dort zusammen.

Schon näherten sich der Bischof und der Prinz, in eine erregt geführte Diskussion vertieft.

»Selbstverständlich ist es gerechtfertigt, die heidnischen Tempel abzureißen und die sogenannten Opfergaben dem Kirchenschatz zuzuführen«, behauptete Bischof Cassock gerade. »Diese nicht erleuchteten Heiden sollten sich glücklich schätzen, wenn die Kirche sich ihrer annimmt.«

»Mit welcher Überheblichkeit setzen Sie sich über eine tausendjährige Geschichte hinweg!«, rief Prinz Qazim.

»Eine Geschichte der Irrtümer, lieber Freund. Wie kann man an so etwas Albernes wie eine Gottheit mit einem Elefantenkopf glauben oder an eine Göttin mit sieben Armen? Jeder denkende Mensch muss doch einsehen, dass es sich bei solchen Fantastereien um bloße Kindermärchen handelt! Denken Sie an Baal oder Moloch. An Astarte oder Aphrodite oder den anderen Mummenschanz! Ein solcher Glaube ist notwendig dem Untergang geweiht, seine Götter sind tot.«

Der Prinz blieb stehen, genau vor meinem Versteck. Ich sah den Saum seines Gewandes und die Pantoffeln mit den aufgeworfenen Spitzen durch die Blätter schimmern.

»Glauben Sie mir: Die Götter meines Volkes sind überaus lebendig. Ebenso wie seine Helden. Selbstverständlich waren auch Missionare daheim am Hofe meines Vaters in Punjab und jeder hat ihnen aufmerksam zugehört, aber ...«

»Jawohl, sie haben zugehört! Weil der einzige Hort der Wahrheit nun einmal die Bibel ist und sogar ein Heide aus bloßem, gesundem Instinkt erkennen muss ...«

Sie gingen weiter und ich konnte die Fortsetzung des Gesprächs nicht mehr verstehen.

»O'Leary?«, flüsterte ich.

Der Rhododendron blieb still.

»O'Leary, wo sind Sie?«

Ächzend wollte ich mich aufrichten, als mir plötzlich eine Hand auf die Schulter tippte.

»Mister Ffordes? Erwarten Sie jemanden Bestimmtes?«

3. EINE UNERWARTETE WENDUNG

Ich fuhr herum und schaute geradewegs in Miss Huntingtons unergründlich dunkle Augen.

»Ich – ähm, ja«, brachte ich heraus. »O'Leary bat mich, auf ihn zu warten, und da – äh – wollte ich mich verstecken. Um ihm einen kleinen Schrecken einzujagen.«

»Kindisch.« Sie zuckte graziös die Achseln und brachte dabei ihr Kleid auf eine Art in Bewegung, die mir einige Einblicke verschafft hätte, hätte ich es darauf angelegt.

»Sagen Sie«, fuhr sie fort, »lebt O'Leary allein?«

»Nein«, erwiderte ich. »Es sind jede Menge Dienstboten im Haus.«

»So meinte ich es nicht.« Sie schüttelte ihren anmutigen Kopf. »Was ich wissen möchte, ist ...«

»Miss Huntington, ich habe ganz genau verstanden, was Sie wissen wollten. Ich habe es lediglich vorgezogen, Ihnen keine unhöfliche Antwort zu geben. Wenn Sie aber durchaus eine haben möchten, dann ...«

Professor Figgs erlöste mich aus meiner unangenehmen Lage. »Ach, hier s-s-sind Sie!«, rief er, während er über den Weg stakste wie ein Reiher. »M-m-miss Huntington, sofern Sie immer noch Interesse an den Urkunden haben ...«

»Nicht nötig«, unterbrach sie geziert. »Ich denke, ich werde ins Haus gehen und nach einer Erfrischung fahnden. Irgendjemand dort drinnen *muss* einfach wissen, wo die genießbaren Dinge versteckt sind. Ich bin nicht wählerisch – bei den Amazonasindianern habe ich Mahlzeiten zu mir genommen, die tatsächlich ein wenig *outré* waren, wie zum Beispiel gegrillte Vogelspinne, eine Delikatesse. Aber irgendetwas brauche ich schon zwischen die Kiemen. Wenn das Abendessen so spartanisch ist wie der Tee, dann werde ich noch völlig vom Fleisch fallen!«

Sie legte kokett die Hände auf ihre wohlgerundeten Hüften, bemerkte dann, dass sie sowohl bei mir als auch bei Professor Figgs, der angeregt ein Insekt am Boden studierte, keinerlei Echo auslöste und schritt mit erhobenem Näschen in Richtung Veranda davon.

Figgs blickte ihr durch seinen Zwicker nach. »Ein w-w-wenig schwierig, die Dame, n-n-nicht wahr? Obwohl sie d-d-durchaus über intime Kenntnisse der indischen Geschichte verfügt. Ich darf nicht vergessen, mich nach w-w-weiteren Details der Volksreligion zu erkundigen – sie ist so verschieden von dem Glauben der Priesterschicht.« Er schniefte, strich sich über den Bart und entfernte sich, den Kopf gesenkt und allem Anschein nach dem eben entdeckten Insekt auf der Spur.

Und wieder einmal tippte mir jemand auf die Schulter. Es war O'Leary, der sich vor unterdrücktem Lachen schüttelte. Offensichtlich hatte er die gesamte Szene beobachtet.

»Ich war immerhin so geistesgegenwärtig, Ihre Deckung nicht zu gefährden«, erklärte ich so würdevoll, wie ich es vermochte. »Haben Sie herausgefunden, was Sie wissen wollten?«

»Gewiss«, sagte O'Leary mit plötzlichem Ernst. »Bezüglich Miss Huntington ging es mir lediglich um die Bestätigung eines Details. Interessanter waren da schon die Beobachtungen hinsichtlich des Prinzen und vor allem des Professors.«

»Was hat er denn gesagt?«, wollte ich wissen.

»Sie sollten vor allem darauf achten, was er *nicht* sagte«, orakelte O'Leary. »Was halten Sie davon, oh Danny Boy, wenn wir uns nun in den Salon begeben? Ich muss zugeben, dass auch ich inzwischen sehr hungrig geworden bin, und dem appetitlichen Duft nach zu urteilen, wird dort gerade unser Dinner aufgetragen.«

***

Miss Huntingtons Befürchtungen erwiesen sich als unbegründet, denn das Essen, das uns die grämliche Haushälterin mit der Unterstützung des Zimmermädchens Doreen auftrug, sah vorzüglich aus. Es gab ein indisches Curry, pikant abgeschmeckt, mit Chapati, einem knusprig lockeren Fladenbrot, dazu kleine Beilagen wie Gewürzplätzchen oder Samosa, dreieckige gefüllte Teigtaschen. Wir setzten uns hungrig zu Tisch. Der Platz des Colonels allerdings blieb leer. Der Butler Brown entschuldigte unseren Gastgeber. Aufgrund der ungewöhnlichen Wärme des Tages und der Aufregung über die vielen Gäste – der Colonel führe sonst ein zurückgezogenes Leben – sei ihm unwohl geworden, er klage über Kopfweh und habe sich daher früh zu Bett begeben.

»Dem sollten wir uns gleich nach dem Essen anschließen«, riet O'Leary. »Morgen haben wir noch genügend Gelegenheit, um mit dem Colonel über seine Sammlung zu sprechen. Vielleicht lässt er sich ja dann erweichen und erzählt uns Näheres über die Geschichte seines Smaragdes.«

Miss Huntington, die zwischen O'Leary und mir saß, schauderte ein wenig. »Sehen würde ich es sicher gern noch einmal, das *Auge der Göttin*«, erklärte sie. »Aber zugleich fürchte ich mich ein wenig davor. Glauben Sie an Flüche, Mister O'Leary?«

»Natürlich nicht!«, erwiderte an seiner Statt der Bischof, in der Hand sein unvermeidliches Portweinglas. »Mister O'Leary ist ein aufgeklärter Mensch, dessen Arbeit darin besteht, unerklärliche Vorfälle mithilfe seines Verstandes zu lösen.«

»D-d-der Fluch von Edelsteinen liegt n-n-nur darin, dass sie die Aufmerksamkeit skrupelloser Verbrecher erregen«, bestätigte Professor Figgs. »D-d-darin liegt nichts Übernatürliches.«

Prinz Qazim hatte O'Leary nicht aus den Augen gelassen. Nun warf er ein: »Daheim in Punjab wissen wir, dass zwischen Himmel und Erde viel geschieht, für das sich keine natürliche Erklärung finden lässt. Aber vielleicht ist es im aufgeklärten England anders?«

O'Leary nahm bedächtig einen Bissen von seiner Teigtasche und spülte ihn mit einem Schluck Sherry hinunter.

»Ich glaube an Flüche«, sagte er und erhob sich. »Kommen Sie, oh Danny Boy, wir sollten uns zurückziehen.«

Schweigend und in sich gekehrt stieg O'Leary die Stufen empor. Die Rüschen seiner Ärmel wippten kaum, seine hohen Absätze machten auf den Treppenstufen ein leise schabendes Geräusch.

Unvermittelt hob er den Kopf und streckte den Arm aus.

»Dort drüben fehlt ein Katar mit einer knapp acht Zoll langen, vergoldeten Klinge und einem grünen Griff.«

Verdutzt blickte ich auf das Waffengewimmel an der Wand. Tatsächlich, bei genauem Hinsehen konnte ich einen unwesentlich helleren Fleck zwischen all den Hieb- und Stichwaffen ausmachen. Dort konnte ein kleiner Gegenstand wie das beschriebene Katar gehangen haben.

»Die Haushälterin könnte es zum Putzen abgenommen haben«, schlug ich vor, doch O'Leary schüttelte nur den Kopf.

»Oh Danny Boy, ich glaube an Flüche. Ich glaube daran, dass ein Fluch das menschliche Handeln beeinflusst, und insofern ist jeder Fluch real. Außerdem glaube ich, dass, wenn man alles Unmögliche ausgeschlossen hat, die verbleibende Erklärung, wie irrational oder unwahrscheinlich sie uns auch erscheinen mag, die Wahrheit sein muss. Und schließlich glaube ich, dass dieser Smaragd ein Geheimnis birgt. Wir alle haben seinen starken Einfluss gespürt, er ist so verschieden von den anderen Kostbarkeiten des Colonels, als seien sie nur dazu gestopft, um ihn zu tarnen. In was für eine illustre Gesellschaft wir hier geraten sind! Und beileibe: nicht jeder füllt seine Rolle zufriedenstellend aus. Gleich morgen möchte ich mit Colonel Banks über diesen Stein sprechen, wenn möglich in Ihrem Beisein, damit wir herausfinden, was dahinter steckt.«

Aber dazu sollte es nicht mehr kommen.

***

Ich schlief unruhig in dieser Nacht. Zwar war das Bett nicht zu weich, aber ich war an kein Moskitonetz gewöhnt und rollte immer wieder in das feine Gewebe, das mir wie Spinnweben ins Gesicht fuhr und mich weckte. Außerdem fing sich Zugwind im Kamin, wisperte und heulte unvermittelt auf.

Gegen fünf Uhr schreckte ich von Geräuschen auf dem Flur hoch. Eilige, trippelnde Schritte näherten sich, es wurde an die Tür auf der anderen Gangseite gepocht und eine hohe, weibliche Stimme rief in dem verzweifelten Versuch, nur ihn zu wecken und alle anderen schlafen zu lassen: »Mister O'Leary, Sir! Bitte wachen Sie auf!«

Ich zog meinen Morgenmantel an, den braunen, den O'Leary nicht mochte, der mir aber seriöser als der türkisfarbene mit den Ranken erschien. Dann drückte ich die Klinke hinunter und spähte durch die Tür.

Die junge Frau vor O'Learys Tür war das Kammermädchen Doreen. Obwohl es noch so früh am Tag war, trug sie eine vollständige Bedienstetenuniform, ein adrettes, schwarzes Kleid mit Spitzenkragen, darüber eine gestärkte, weiße Schürze und auf dem lang herunterfallenden, tiefroten Haar ein weißes Häubchen. Als sie meine Tür hörte, fuhr sie herum und starrte mich mit angstgeweiteten, riesigen Opalaugen an.

»Mister O'Leary hat einen sehr festen Schlaf«, erklärte ich. »Worum geht es? Kann ich weiterhelfen?«

Sie schüttelte den Kopf. »Nein, nur … er.«

»In Ordnung«, sagte ich und trug es wie ein Mann. »Lassen Sie mich vorbei, ich werde ihn wecken.«

»Rasch bitte, Sir«, flehte Doreen, die immer blasser zu werden schien. »Es geht um den Colonel. Er … ich weiß nicht … er fühlt sich nicht wohl, glaube ich. Jedenfalls hatte es den Anschein, von der Tür aus.«

Ich öffnete die Tür zu O'Learys Zimmer. Ein lautes, dröhnendes Schnarchen drang durch den Vorhang vor seinem Bett. Als ich den schweren Stoff beiseiteschob, entdeckte ich ihn, breit über das ganze Bett ausgestreckt. Er trug die Bartbinde, die ich ihm letzten Monat geschenkt hatte, sein Haar war unter einer Haube verborgen, die seine Locken in Form halten sollte, und aus seinen Ohren ragten zwei speziell angefertigte Zylinder, die seinen Schlaf bewachten, indem sie unangenehme Geräusche von ihm fernhielten.

Einen dieser Zylinder zog ich nun heraus, dann brüllte ich in das freie Ohr: »O'Leary! Wachen Sie auf!«

Er schmatzte ein wenig und drehte sich auf die Seite.

Nun zog ich auch den anderen Stopfen. »O'Leary! Alarm! Augen auf!«

Mit einem Stöhnen kam er zu sich.

»Bringen Sie mir den Tee und den Toast nach oben, oh Danny Boy«, wisperte er. »Ich bin noch nicht ganz in Form, der Sherry muss verdorben gewesen sein.«

»Es gibt noch kein Frühstück!«

»Dann lassen Sie mich schlafen, Sie Unhold.«

»O'Leary! Der Colonel braucht Sie!«

Nun endlich war ich zu ihm durchgedrungen. Seine Augen klappten auf, glitten rasch über alle Gegenstände im Zimmer, bis er sich orientiert hatte. Mit einem Griff streifte er Bartbinde und Haube ab und setzte sich auf.

»Was ist passiert?«

»Das Kammermädchen steht vor der Tür, um Sie zum Colonel zu holen. Mehr weiß ich auch nicht.«

Ich wünschte nur, auch O'Leary hätte einen seriös wirkenden Morgenmantel besessen. Der kanariengelbe, seidene Kimono mit den aufgestickten jadegrünen Drachen kleidete ihn zwar äußerst elegant, aber für einen nächtlichen Notfall reichlich farbenfroh. Er band den Gürtel um, schlüpfte in die passenden Slippers und begab sich zur Tür.

»Schnell, Sir, bitte!«, rief Doreen angstvoll. »Dort hinten ist eine alte Geheimtür, dadurch kommen wir schneller in den anderen Trakt.«

Sie lief voraus zum Ende des Gangs und verschwand hinter einer mannshohen Vase. Etwas klickte. Dann drehte sich die Vase mitsamt dem Vorsprung, auf dem sie stand, um die eigene Achse und gab auf ihrer Rückseite einen schmalen, unbeleuchteten Durchgang frei. Doreen griff nach einem Kerzenleuchter, entzündete die Kerze mit einem Streichholz und ging hinein.

»Wer weiß von diesem Geheimgang?«, fragte O'Leary.

»Oh, jeder, Sir«, erwiderte das Kammermädchen. »Es gibt eine alte Sage, von damals, als dieses Haus noch den Lords of Blackburne gehörte. Sie wird im Dorf oft erzählt. Ein riesiges Spinnenweibchen soll hier gehaust und den Lords jede Nacht das Blut aus der Kehle gesaugt haben.«

Unwillkürlich fuhr ich herum.

»Es ist nur eine Sage, Sir«, erklärte Doreen geduldig. »Spinnen werden nicht so groß. Jedenfalls benutzen wir diesen Gang immer, sonst könnten wir nicht so rasch bei den Gästen sein. Hier geht es hinunter zu den Dienstbotenquartieren und gleich dort rechts zum anderen Trakt.«

Wir bogen nach rechts ab. Dieser Gang war breiter und schien mit Lüftungsschächten verbunden zu sein, jedenfalls wehte eine leichte Brise und von oben schien fahles Morgenlicht auf unsere Köpfe.

Doreen zog an einem in die Wand eingelassenen Hebel. Lautlos glitt eine Schiebetür zur Seite und wir fanden uns in einem Gang wieder, der das genaue Gegenstück zu dem Gang war, den wir eben auf solch spektakuläre Weise hinter uns gelassen hatten. Er war nur mäßig beleuchtet, die Seitenwände und die Decke waren ebenfalls mit dunklem Holz getäfelt, die Eichentüren links und rechts waren mit üppigen Verzierungen geschmückt, dazwischen standen Vasen und kleinere Möbelstücke, und an der Wand hingen Fotografien des Colonels bei der Tigerjagd. Es war ein unerwartetes *Déjà-vu* und ich blinzelte überrascht.

»Was taten Sie so früh am Morgen beim Colonel?«, erkundigte sich O'Leary, während er mit dem Finger über eine alte Steinschlosspistole strich, die seltsam deplatziert auf einer Truhe lag.

»Er steht immer zu dieser Zeit auf«, erklärte Doreen, »und trinkt eine Tasse Kakao. Tatsächlich ist er meist vor mir wach und wartet schon ungeduldig. Deswegen war es so eigenartig, dass sich heute früh im Zimmer gar nichts rührte. Ich stellte also das Tablett auf die Kommode und wollte zum Fenster gehen, um die Vorhänge zurückzuziehen, da … Schauen Sie selbst!«

Sie öffnete eine der Türen und ließ uns den Vortritt.

Das Zimmer war dunkel, das einzige Licht drang durch die Vorhänge am Fenster. O'Leary hob schnuppernd die Nase. Ein Duft nach Kerzenwachs hing in der Luft, begleitet von dem herben Sandelholzaroma, das ich bereits in der Bibliothek bemerkt hatte und das der Kleidung des Colonels anhaftete, und einem halb überlagerten Geruch, der mich stutzen ließ, einem Geruch nach kaltem Schweiß, nach Angst oder Schmerzen, wie man ihn in Krankenzimmern vorfindet.

»Gibt es hier elektrisches Licht?«, fragte O'Leary.

»Nein, Sir. Der Colonel hält nichts von solchem Firlefanz, Sir. Ein Irrweg der Wissenschaft.«

»Hatten Sie eine Kerze dabei, Doreen?«, fuhr er fort, noch immer in dem heiteren Tonfall, hinter dem er so oft seine gespannte Aufmerksamkeit verbarg.

»Ja, Sir. Ich muss sie fallengelassen haben, auf dem Weg zum Fenster, dort … dort drüben, irgendwo neben dem Bett.«

Sie reichte ihm den Leuchter, den sie in der Hand hielt, und er schob sich behutsam weiter ins Zimmer hinein, ohne irgendetwas zu berühren.

»Daniel, machen Sie Licht!«, rief er ungeduldig.

Ich zuckte zusammen angesichts der ungewöhnlichen Ansprache und schaute mich suchend auf dem Flur um. Doreen schloss das Zimmer gegenüber auf und brachte eine alte Petroleumlampe, die wir mit vereinten Bemühungen entzündeten. In ihrem müden Schein folgte ich O'Leary Schritt für Schritt.

Er war mittlerweile ans Bett getreten und hielt den Leuchter hoch über seinen Kopf.

»Sie können die Vorhänge öffnen, auf diesem Wege ist niemand in das Zimmer gekommen.«

Behutsam ergriff ich den schweren Brokatstoff und zog die bodenlangen Vorhänge zurück, zuerst den linken, dann den rechten, der mir einige Schwierigkeiten bereitete, weil er sich verdreht hatte. An der Wand entdeckte ich eine Halterung, in der ich die Stoffbahnen festklemmte, sodass sie nicht zurückgleiten konnten.

Inzwischen war es draußen heller geworden, die Konturen der Einrichtung zeichneten sich deutlich ab. Dieses Zimmer war ebenso geschmackvoll aber unpersönlich eingerichtet wie die Gästezimmer. Ich erkannte den obligatorischen großen Kamin, der im Winter vermutlich zum Heizen benutzt wurde, da der Colonel eine Zentralheizung gewiss ebenso wie elektrisches Licht als neumodischen Schnickschnack ablehnen würde. Seitlich neben dem Fenster stand ein Pult, dessen Schreibfläche eingeklappt und verschlossen war – der Schlüssel steckte im Schloss. Auf der anderen Seite befand sich ein großer Eichenschrank, neben der Tür, die vermutlich zum Badezimmer führte. Der Rest des Raumes wurde von einem großen Himmelbett eingenommen, mit massiven, geschnitzten Trägern, breiten, dunklen Seitenbrettern und einem imposanten Vorhang aus indischem Seidenstoff. Der Vorhang war halb zurückgeschlagen. Im Bett saß der Colonel, aufrecht gegen die Kissen gestützt, die Augen halb geöffnet, und starrte mich unter den Lidern hindurch an.

Mir entfuhr ein erschreckter Aufschrei.

»Der Mann ist seit Stunden tot, oh Danny Boy«, tadelte O'Leary, der mit seinem Taschenspiegel den Atem des Colonels geprüft hatte. »Es besteht kein Grund, mit Ihrem Gebrüll das ganze Haus aufzuwecken.«

»Tot? Aber … gestern, da war er …«

»…noch quicklebendig, ich weiß. Aber eine Nacht ist lang. Nun hat die Leichenstarre eingesetzt und ist voll ausgeprägt.«

Ich rechnete rasch im Kopf. »Bei diesen sommerlichen Temperaturen bedeutet das, dass er spätestens um Mitternacht gestorben ist.«

»Er hat sich um neun Uhr vom Dinner entschuldigen lassen«, ergänzte O'Leary. »Danach hat ihn niemand mehr gesehen. Wir können den Todeszeitraum also auf diese drei Stunden einschränken.«

Keiner von uns hatte mehr auf Doreen geachtet. Das junge Mädchen stand noch immer in der Türöffnung, kreideblass jetzt und nicht mehr sicher auf den Beinen.

»Sie meinen, er ist ...«, stammelte sie und verdrehte die Augen, bis man nur noch das Weiße sah.

Ich besann mich gerade noch rechtzeitig auf die Rolle des Helden, eilte an ihre Seite und fing sie in dem Moment auf, als sie das Bewusstsein verlor.

»Legen Sie das Mädchen dort drüben im Bad ab!«, befahl O'Leary herzlos. »Wenn sie wieder zu sich kommt, soll sie den Hausarzt und die Polizei verständigen. Bis dahin sollten wir die Zeit nutzen und uns weiter im Zimmer umsehen. Vielleicht ist die Spur noch frisch.«

Durch die großen Fenster drang jetzt helles Tageslicht, sodass wir Leuchter und Petroleumlampe beiseite stellen konnten. Neben dem Bett, halb unter den Nachttisch gerollt, fanden wir die Kerze, von der Doreen gesprochen hatte. Als das Zimmermädchen sie fallengelassen hatte, war sie aus dem kurzen, schmucklosen Kerzenhalter gekippt und erloschen. O'Leary vermaß den Docht und nickte: Seine Länge passte zu der Aussage Doreens, sie sei mit der Kerze vom Dienstbotentrakt bis zu Colonel Banks'

Zimmer gelaufen und habe sich dort nur kurz aufgehalten. Auf der Kommode stand außerdem das Tablett, das sie erwähnt hatte. Die Tasse mit dem Kakao war unberührt, das Getränk selbst noch lauwarm.

Aus Gewohnheit notierte ich all diese Fakten in einem der kleinen Notizbücher, die ich in jeder Hosen- und Jackentasche zu eben diesem Zweck bei mir trug.

»Sie sind so zuverlässig wie eine Turmuhr, oh Danny Boy«, lobte O'Leary. »Schreiben Sie noch dazu, dass der Colonel sich augenscheinlich allein und in großer Eile ausgekleidet hat – Hemd, Jackett und Breeches sind unordentlich in den Schrank gestopft, während alle anderen Kleidungsstücke darin ordentlich ausgebürstet auf Bügeln hängen. Wie es dazu kam, wird uns der Butler Brown erklären können.«

»Sehr wohl, Sir«, erwiderte eine Stimme von der Tür aus. Ich hatte den Butler nicht kommen hören und zuckte zusammen. Auch O'Leary bewahrte nur mühsam die Fassung.

»Was führt Sie hierher?«, erkundigte er sich.

»Colonel Banks pflegt sich um diese Zeit von mir waschen und ankleiden zu lassen, Sir«, sagte der Butler mit Würde und ohne eine Miene zu verziehen. »Bis dahin ist allerdings Doreen stets mit ihrem Tablett zurück in der Küche. Da sie es nicht war, nehme ich an, dass etwas Außergewöhnliches vorgefallen ist. Ist der Colonel erkrankt? Wo ist Doreen?«

»Sie liegt drüben im Bad auf einem Läufer«, erklärte ich. »Ihr war unwohl. Was den Colonel betrifft, so befürchte ich ...«

»Wann haben Sie Colonel Banks gestern Abend zum letzten Mal gesehen, Brown?«, ging O'Leary dazwischen.

»Kurz vor dem Dinner, Sir. Er brachte die Schatulle mit den Juwelen zurück in die Bibliothek – er macht das immer allein, Sir, niemand außer ihm weiß, wo die Schatulle versteckt ist. Dann ging er hier hinauf, um sich für das Dinner umzukleiden. Er war so guter Dinge, Sir, wie ich ihn lange nicht mehr gesehen habe. Er sagte, er fühle sich zwanzig Jahre jünger und hoffe nur darauf, dass dieser Rhosyn, der Juwelendieb, Sir, in der Nacht versuchen würde, die Schatulle zu entwenden, denn dann würde er ihm ordentlich eins überbrennen, Sir, das waren seine Worte. Was ist mit Colonel Banks?«

»Ihr Herr ist in der Nacht verschieden, Brown. Mehr wissen wir noch nicht. Hatte der Colonel denn eine Waffe bei sich?«, forschte O'Leary.

»Sir, ich …« Der treue Butler hielt sich am Türsturz fest, bis er sich wieder gesammelt hatte. »Eine Waffe, Sir, ja. Sein Webley-Revolver dort in der unteren Klappe des Schreibpults. Wenn er sich bedroht gefühlt hätte, dann hätte er den Revolver unter sein Kopfkissen gelegt, Sir. Das wissen alle hier. Doreen hat den Webley häufiger beim Bettenmachen dort gefunden und wieder ins Pult zurückgelegt.«

»Er war also guter Dinge und fühlte sich nicht bedroht«, fasste O'Leary zusammen. »Was geschah dann? Er ist nicht zum Dinner erschienen.«

»Nein, Sir. Er wollte sich allein umkleiden, das pflegte er vor dem Dinner so zu halten, Sir. Ich ging hinunter in die Küche, um das Auftragen des Dinners zu überwachen, und kam dann hierher zurück, Sir. Ich klopfte und fragte, ob Colonel Banks nun hinunterkommen wolle. Er … Sir, er war noch immer sehr aufgeräumt.

Sagte, er hätte sich gerade an die Zeit in Indien erinnert, an die Kameraden, die er dort hatte. Und ihm sei warm ums Herz von all diesen Erinnerungen. Sir, bitte verzeihen Sie mir – ich glaubte, der Colonel hätte dem Sherry ein wenig zu lebhaft zugesprochen, er war regelrecht ausgelassen. Deswegen habe ich ihm empfohlen, sich für eine Weile hinzulegen, bis die Empfindung der Wärme nachließe, und Ihnen erzählt, dem Colonel sei aufgrund der sommerlichen Hitze und den Anstrengungen des Tages unwohl geworden. Sir, bitte seien Sie ehrlich zu mir: Wäre der Colonel jetzt noch am Leben, wenn ich Sie gestern Abend bereits eingeweiht hätte?«

O'Leary machte es sich mit der Antwort auf derartige Fragen niemals leicht. Er überlegte, konsultierte meine Aufzeichnungen und brütete noch eine Weile vor sich hin.

»Nein«, sagte er dann. »Ich gehe davon aus, dass der Colonel zu diesem Zeitpunkt bereits unrettbar dem Tode geweiht war. Selbst wenn Sie mich sofort verständigt hätten und ich die gesamte Nacht vor seiner Tür verbracht hätte, wäre sein Leben verwirkt gewesen. Machen Sie sich keine Vorwürfe.«

»Sehr wohl, Sir. Wünschen Sie, dass ich nun Doreen aufwecke?«

»Eine gute Idee, Brown! Und bitten Sie Doreen, den Hausarzt und die örtliche Polizei zu verständigen.«

»Sehr wohl, Sir. Benötigen Sie von Doreen noch eine … Aussage?«

»Nein, Brown, wir haben von ihr bereits alles Wesentliche erfahren. Ich wäre Ihnen aber sehr verbunden, wenn Sie selbst sich noch zur Verfügung hielten, falls wir ergänzende Informationen brauchen. Schließlich haben Sie den Colonel als Letzter lebendig gesehen.«

»Außer dem Mörder, Sir. Sehr wohl, Sir.«

Brown ging an uns vorbei ins Badezimmer. Gleich darauf hörten wir ein Platschen und einen schrillen Schrei, dann eilte Doreen an uns vorüber, klatschnass, tropfend und aus vollem Halse schimpfend. Auf ihren Fersen folgte der Butler.

O'Leary verfolgte diesen Abgang mit hochgezogenen Brauen. »Effektiv, aber ein wenig ruppig«, kommentierte er. »Man merkt, dass dieser Mann ein Soldat war. Im Augenblick gibt es für uns hier nichts mehr zu tun. Lassen Sie uns in den anderen Trakt zurückkehren und die Gäste über das tragische Ableben des Colonels informieren.«

»Aber, O'Leary«, zögerte ich, »müssten wir das nicht der Polizei überlassen?«

In seinen tiefschwarzen Augen blitzte es räuberisch. »Meinen Sie nicht, dass die Polizei sich freuen wird, wenn wir die Untersuchungen ein wenig vorbereiten?«

»O'Leary, wir sind nur engagiert, um dezent ein Auge auf die Juwelen zu halten. Für eine Ermittlung in diesem Todesfall haben wir keinerlei Befugnis.«

»Oh Danny Boy!« Das Funkeln in seinen Augen erhellte nun sein ganzes Gesicht. »Sehen Sie denn die tieferen Zusammenhänge nicht? Der Smaragd ist der Schlüssel zu diesem Geheimnis. Wir sind einem rätselhaften und verzwickten Fall auf der Spur. Damit kann ich die örtliche Polizei unmöglich allein lassen. Und nun begleiten Sie mich – solange die Fährte noch frisch ist!«

Er schaute sich noch einmal um, als wolle er sich das kleinste Detail im Zimmer des Colonels einprägen, dann eilte er an mir vorbei über die verwirrenden Gänge auf die Treppe zu, die in die Eingangshalle hinunterführte. »Oh Danny Boy«, wisperte er, während sich sein Hausschuh in einem Schnitt im Teppich verhakte, »die Jagd ist eröffnet!«

Zunächst war allerdings die Frühstückstafel eröffnet, wie wir bemerkten, als wir im Salon ankamen. Entweder war die Nachricht vom Tod des Colonels noch nicht bis zur Haushälterin vorgedrungen oder – und Letzteres erschien mir wahrscheinlicher – der Butler hatte seinen ganzen Einfluss geltend gemacht, um den Anschein der Normalität zu wahren.

Wie das Dinner am Abend zuvor, war auch das Frühstück typisch indisch, mit Idli, kleinen Fladenbroten, würzigen, aus Kichererbsen und Linsen bestehenden Vadai und Sambar, der dazugehörigen Soße. Als Eingeständnis an den britischen Geschmack wurde auch Porridge aufgetischt, der allerdings verglichen mit den indischen Gerichten fade und uninteressant schmeckte.

Prinz Qazim, der eine wenig erholsame Nacht gehabt zu haben schien und dementsprechend schlechte Laune hatte, verzog enttäuscht das Gesicht. »Ich hatte mich eigentlich auf typisch europäische Gerichte gefreut, auf Toast, Sandwichs mit Ei und Kresse oder einer Scheibe Roastbeef. Daheim im Palast meines Vaters kam solche Bauernküche nicht auf den Tisch.«

Bischof Cassock, der mit gutem Appetit auf beiden Backen kaute und seine Finger am Brot abwischte, schüttelte verständnislos den Kopf.

»W-w-wo ist eigentlich Miss Huntington?«, fragte Professor Figgs und bediente sich aus der Obstschüssel. »Sie w-w-wird doch nicht das Frühstück verpassen?«

»Miss Huntington ist bereits im Morgengrauen ausgeritten, Sir«, erwiderte Fathoms, der den Tee nachschenkte. »Sie kam in Reitkleidung die Stufen hinunter und ging zum Stall, um eines der Ponys zu satteln. Ich nahm an, sie habe es mit dem Colonel abgesprochen, und habe ihr einen schönen Reitweg in den Wald gezeigt.«

»Und wo ist überhaupt unser Gastgeber?«, dröhnte der Bischof. »Er wird hoffentlich nicht noch immer unwohl sein? Ohne Colonel Banks sind wir wie verirrte Schafe, die des Schutzes ihres Hirten entbehren.«

»Im Morgengrauen ist Miss Huntington fortgeritten?«, fragte Prinz Qazim mit plötzlicher Schärfe. »Dann ist sie aber schon lange unterwegs!«

Fathoms zuckte zusammen. »In der Tat, Sir. Der Weg, den ich ihr gezeigt habe, dauert höchstens anderthalb Stunden. Ich habe … in der Verwirrung … gar nicht bemerkt, wie die Zeit verging.«

»In welcher Verwirrung, Mann? Möglicherweise ist sie gestürzt und hat sich verletzt. Wir müssen sofort einen Suchtrupp zusammenstellen, wenn möglich mit dem Colonel an der Spitze, da er sich hier am besten auskennt.«

»Auf die Beteiligung des Colonels werden wir verzichten müssen«, warf O'Leary ein, »denn – wie Fathoms Ihnen zu sagen versuchte – Colonel Banks ist im Verlauf der Nacht plötzlich und unerwartet verschieden.«

Für einen Moment herrschte schockierte Stille. Dann sprachen alle durcheinander. Prinz Qazim machte seiner Empörung darüber Luft, dass er nicht schon früher informiert worden war. Der Bischof sorgte sich über den mangelnden geistlichen Beistand, unter dem der Verstorbene im Zeitpunkt seines Todes gelitten haben musste. Professor Figgs war hin- und hergerissen zwischen dem Wunsch, nach Miss Huntington zu suchen, und dem dringenden Verlangen, sofort abzureisen. Und Fathoms bemühte sich, Anfragen zu beantworten, Vorwürfe und Sorgen zu entkräften, während O'Leary sich ein wenig abseits hielt und die heftigen Reaktionen beobachtete.

»Sie!«

Prinz Qazim hatte sich unvermittelt umgewandt und deutete mit dem Finger.

»Mister O'Leary, es ist doch kein Zufall, dass Sie hier sind! Wir alle wissen, dass Sie Kriminalfälle lösen, und nun, kaum dass Sie hier sind, ereignet sich ein Todesfall. Erklären Sie uns die Zusammenhänge!«

O'Leary hob abwehrend die Hände. »Zum jetzigen Zeitpunkt weiß ich nicht mehr als Sie. Außerdem ist für diese Angelegenheit die Polizei zuständig und ...«

»Mister O'Leary, Sir«, unterbrach der Butler Brown, der eingetreten war, »Constable Hartfield ist eingetroffen und möchte Sie sprechen, Sir.«

»Ein Constable?«, fragte ich überrascht.

»Kommen Sie mit, oh Danny Boy, wir wollen den Hüter des Gesetzes nicht warten lassen.«

»Natürlich, aber ich hätte doch mindestens einen Inspector erwartet ...«

»Es wird sich bestimmt gleich aufklären«, behauptete O'Leary gut gelaunt und eilte mit weiten Schritten hinter dem Butler her.

»Ich habe den Constable in den hinteren Salon gebeten, Sir«, berichtete dieser unterwegs. »Der Raum ist klein und ein wenig abgelegen und ich dachte, es sei Ihren Ermittlungen sicher förderlich.«

»Meinen Ermittlungen? Aber Brown«, sagte O'Leary vorwurfsvoll. »Ich bin doch gar nicht ermächtigt, diesen Fall zu untersuchen!«

»Gewiss, Sir, aber … da Sie doch in schwierigen Kriminalfällen ermitteln …«

Nun verstand ich O'Learys blendende Laune. Der Fall hatte sein Interesse geweckt und er brannte darauf, die Untersuchungen zu leiten. Ein Inspector hätte sicherlich auf seinem Rang bestanden und ihn, da er zumindest theoretisch ebenfalls unter Verdacht stand, nicht frei schalten lassen. Bei einem Constable allerdings standen seine Chancen weitaus besser.

»Welch ein günstiges Zusammentreffen«, murmelte ich.

»Nicht wahr?« O'Leary strahlte über das ganze Gesicht.

Der Constable, der schüchtern auf einer Sesselkante gehockt hatte, sprang bei unserem Eintreten auf, riss den Helm vom Kopf und hielt ihn mit beiden Händen fest. Er war sehr jung, mit einem glänzenden, roten Schulbubengesicht, widerspenstigem Blondhaar und wachen, blauen Augen.

»Mister O'Leary, ist mir eine riesige Ehre«, verkündete er. »John Hartfield mein Name, ich bin sozusagen die Dorfpolizei. Gleich als ich gehört habe, dass Sie hier sind, fiel mir regelrecht ein Stein vom Herzen. Ist mein erster großer Fall, Sir, mit einem Toten, meine ich. Sonst passiert hier nicht viel, außer dass mal ein Pferd abhandenkommt oder ein totes Schaf gemeldet wird, so wie gestern.«

»Ein totes Schaf?«, erkundigte sich O'Leary mit einem Lächeln.

»Ja, Sir. Ist aber nichts dran an dem Fall. Das Schaf gehörte Mister Satterthwait, den haben Sie bestimmt schon auf dem Weg irgendwo gesehen. Er kommt aus der Stadt und findet das Landleben romantisch, deswegen weigert er sich, seine Weiden einzuzäunen, und rennt andauernd hinter seinen Tieren her. Es war nur eine Frage der Zeit, bis mal eins davon draufging, Sir.«

»Ich glaube, wir haben ihn gestern gesehen«, warf ich ein, als ich mich an den schmalen, dunkelhaarigen Mann erinnerte, der hinter dem Schwein her gehetzt war.

»Wenn er viel im Dorf unterwegs ist«, ergänzte O'Leary, »dann könnte er etwas Wichtiges beobachtet haben. Meinen Sie, ich könnte einmal mit ihm sprechen? Das heißt – sofern es Ihnen überhaupt recht ist, dass ich mich in Ihre Ermittlungen einmische.«

»Dass Sie – aber Sir!«, rief der Constable und errötete bis über beide Ohren. »Es wäre großartig, wenn Sie mir zur Seite stünden. Ich weiß doch gar nicht, wie man so etwas macht, und Sie haben sozusagen alle Tage mit schwierigen Fällen zu tun.«

»Hm«, machte O'Leary und senkte den Blick bescheiden auf seine Schuhe. »Ich bin nicht sicher, ob ein solches Vorgehen zulässig ist. Offiziell bin ich nicht mit den Ermittlungen betraut und die Befugnis dazu könnte mir wohl nur der zuständige Detective Inspector erteilen ...«

»Aber der ist auf einem Bootsausflug nach Guernsey!«, rief Constable Hartfield betroffen. »Vor Montag können wir ihn sicher nicht erreichen und bis dahin könnten – wie sagt man? – die Spuren nicht mehr frisch sein. Bitte, Sir, lassen Sie mich nicht hängen!«

»Na gut.« O'Leary richtete sich zu seiner vollen Größe auf und wippte unternehmungslustig auf den Zehenspitzen. »Da es nun einmal nicht anders geht und die Zeit drängt, werde ich Ihnen hilfreich zur Seite stehen. Der Tote ist immer noch in seinem Zimmer und es wird langsam warm, deswegen sollten Sie als Erstes den Tatort besichtigen und in einer Skizze festhalten. Danach wäre mein Vorschlag, die Leiche des Colonels hinunter in den Weinkeller zu bringen, wo es kühl und außerdem genügend Platz vorhanden ist, um die Obduktion durchzuführen. Die Schwierigkeit in diesem Fall liegt in der Feststellung der Todesursache, denn nur auf diesem Wege wird es uns möglich sein, die Tatzeit einzugrenzen und so den Kreis der Verdächtigen zu reduzieren. Der Hausarzt ist verständigt und müsste jeden Augenblick hier eintreffen, ich hoffe, dass er sich sofort an die Arbeit machen kann. Das Personal und die Gäste – selbstverständlich auch meinen Sekretär Danny und mich – sollten Sie hier im Salon vernehmen, eine Liste von hilfreichen Fragen werde ich Ihnen zur Verfügung stellen. Ach ja: Ein Gast wird zurzeit vermisst, die berühmte Reiseschriftstellerin Miss Huntington. Da diese Dame sich aber unter Scheichs, Malaien und Indios zu bewegen versteht, gehe ich davon aus, dass sie lediglich die Landschaft genießt. Dennoch sollten wir einen Suchtrupp losschicken, am besten einige Bauern aus dem Dorf, die sich in der Gegend auskennen. Der Butler Brown wird sicher das Nötige veranlassen.«

Constable Hartfield hatte mit offenem Mund zugehört. »Jawohl, Sir«, hauchte er und seine Nase glänzte, als sei sie frisch poliert. »Ich werde mich also in den ersten Stock begeben.«

»Gehen Sie mit ihm, oh Danny Boy«, sagte O'Leary mit einer großartigen Handbewegung. »Und vergessen Sie nicht, ihm von dem Geheimgang zu erzählen!«

4. EIN EINBLICK IN COLONEL BANKS

Als wir wieder herunterkamen, war eben der Arzt eingetroffen, ein weißbärtiger, alter Herr mit schütterem Haar, der eine abgetragene Tweedjacke über dem karierten Hemd und einer altmodischen Hose trug. Er rückte die goldgefasste Brille zurecht und schaute sich blinzelnd um.

»Ich bin lange nicht mehr hier gewesen«, erklärte er. »Zuletzt hat man mich gerufen, als der junge Lord Blackburne die Windpocken hatte. Ein widerwärtiger Bengel, sogar für einen Lord! Er hat den Spatel durchgebissen und gegen meine Tasche getreten. Dafür habe ich dann vergessen, Zucker in seinen Fiebersaft zu schütten, hehe. Ich sagte ja, er würde es bitter bereuen! Was ist es diesmal? Doch wohl keine Epidemie?«

»Zum gegenwärtigen Zeitpunkt hoffe ich«, sagte O'Leary, der hinzugetreten war, »dass wir weitere Fälle verhindern können.«

Der Arzt fasste ihn scharf ins Auge. »Womit haben Sie sich das Gesicht bemalt? Kajal? Passen Sie bloß auf, junger Mann, das kann die Tränendrüsen irreparabel schädigen!«

Damit wandte er sich an mich. »Northcombe mein Name, Doctor Mortimer Northcombe. Sie stammen aus Wales?«

Er kicherte über mein verdutztes Gesicht.

»Der Teint. Und natürlich die Ohren. Sie glauben gar nicht, wie viel der Fachmann an den Ohren ablesen kann. Die Gegend um Pembrokeshire?«

»Haverfordwest«, stammelte ich.

»Fein, fein. Piratenblut, was?« Er zwinkerte mir zu. »Wo ist der Patient?«

»Im Weinkeller«, erwiderte ich. Brown und Fathoms hatten den Leichnam des Colonels durch den Geheimgang nach unten getragen. Allmählich schien mir dieser Geheimgang die bestbegangene Strecke in ganz Südengland zu sein.

»Na, wenn er schon wieder Durst hat …«

»Wohl kaum, Sir«, bemerkte Constable Hartfield in einer Anwandlung von Sarkasmus, »und er wird auch bis zur seligen Auferstehung kein Glas mehr halten können. Colonel Banks ist in der Nacht verstorben, Sir.«

Doctor Northcombe ließ sich nicht aus der Ruhe bringen. »Dann sollten wir ihn nicht länger warten lassen. Junger Mann« – dies galt O'Leary – »mit diesen hohen Absätzen lasse ich Sie nicht auf die Kellertreppe! Ziehen Sie sich vernünftiges Schuhzeug an. Die Stufen waren bei meinem letzten Besuch sehr rutschig und ein Unfall ist schnell passiert.«

***

Wir waren eine traurige, kleine Prozession, als wir die steile Stiege in den Weinkeller hinabkletterten. Vorweg ging der unentbehrliche Brown, eine Petroleumlampe in der Hand. Aus seiner Gesäßtasche ragten einige bleiche Kerzen, die er mitgenommen hatte, falls die Lampe uns im Stich ließe. Ihm auf den Fersen folgte Doctor Northcombe, der den Mund nicht für einen Augenblick schloss und uns mit Anekdoten aus dem Dorf zu erheitern versuchte, die allerdings ihr Ziel verfehlten, weil niemandem von uns, auch nicht dem Constable, die verwandtschaftlichen Verstrickungen der Beteiligten bekannt waren. Constable Hartfield folgte als Nächster. Ihm war offensichtlich nicht wohl in seiner Haut, er wischte den Schweiß von seiner Stirn, obwohl es im Keller, verglichen mit der sommerlichen Wärme oben, empfindlich kalt war. Ich folgte ihm, den Block und den Stift in der Hand, da ich die Rolle des Protokollanten übernommen hatte. Und das Schlusslicht, unerwartet kleinlaut, bildete O'Leary, der mit sauber geschrubbtem Gesicht und in flachen Laufschuhen seltsam zart und empfindsam wirkte.

Der Keller war alt. Er musste schon existiert haben, ehe die erste Grundmauer gezogen wurde. Er wirkte ungeheuer massiv, als sei er nicht gemauert, sondern aus einer Felswand geschlagen worden. Die Wendeltreppe, die in die Tiefe führte, war so ausgetreten, dass an manchen Stellen eine Stufe in die andere überging. In der Luft hing der klare, bittere Geruch von Stein, gewürzt mit dem Aroma von Eichenholz, dem metallischen Duft von Eisenbeschlägen und einem Hauch von Staub.

»O'Leary, dieser Keller ist *alt*«, wisperte ich. »Und *tief*. Herrgott, es ist nur ein Keller. Wir müssten längst unten sein!«

»Er gehört zur ersten Bebauung«, flüsterte O'Leary in meinem Nacken. »Das Haus wurde auf den Trümmern der vorhergehenden Häuser erbaut.«

»Aber wenn die Front dieses Hauses elisabethanisch ist, wie alt mögen dann die Trümmer seiner Vorgänger sein ...?«, überlegte ich. Ein Schauder überlief mich, halb aus Ehrfurcht vor den Steinen, auf denen ich stand, halb durch die eisige Kälte, die sie verströmten.

»Oh, hoppla! Entschuldigen Sie bitte.«

Ganz in Gedanken war ich auf Constable Hartfield aufgelaufen, den ich dadurch auf Doctor Northcombe schob.

»Vorsicht!«, warnte dieser. »Da vorn ist ein Loch im Boden – ein alter Brunnen oder so etwas.«

»Der Colonel wollte ihn immer schon abdecken lassen«, erklärte Brown, der diesen Weg bereits so oft genommen hatte, dass seine Füße ihn wie selbstverständlich um die Gefahrenstelle herumtrugen. Er hielt die Petroleumlampe hoch über den Kopf und wir tasteten uns behutsam weiter. O'Leary konnte der Versuchung nicht widerstehen, einen etwa faustgroßen Stein mit dem Fuß hinunter zu stupsen, um die Tiefe dieser Öffnung zu prüfen. Wir lauschten beide, jedoch ohne ein Aufklatschen zu vernehmen.

»Hier ist es«, sagte Brown in die Stille hinein. »Ich habe mir die Freiheit genommen, den gnädigen Herrn bei den Sherryfässern aufzubahren, wo er doch den Sherry so gern ...«

Er schluckte heftig und wandte sich ab.

Der Colonel war auf einem Tisch aufgebahrt. Seine Augen waren noch immer nicht ganz geschlossen, er schien unter den schweren Lidern hindurch zu blinzeln und uns mit mäßiger Neugier zu mustern. Im Tode wirkte er noch massiger als zuvor im Leben, er füllte den gesamten Tisch aus. Er trug einen frischen, weißen Pyjama, wie es in Indien üblich war, und darüber einen seidenen

Morgenmantel. Seine Füße waren bloß, sie verliehen der Gestalt etwas rührend Verletzliches.

Doctor Northcombe hatte uns auf dem Weg nach unten lang und breit erklärt, dass er während seiner Zeit als Dorfarzt keine Obduktion hatte durchführen müssen, da seine Patienten immer ordnungsgemäß an den vorher diagnostizierten Krankheiten verstorben seien. Als er nun aber vor dem Toten stand, schien die Zeit von ihm abzufallen, und er machte den Eindruck eines jungen, eifrigen Medizinstudenten, der sich bemühte, durch ein besonders vorschriftsmäßiges Vorgehen bei seinem Professor Eindruck zu schinden.

»Brown«, sagte er, »holen Sie von oben eine große Küchenwaage und verschiedene Salatschüsseln, unbedingt aus Metall und frisch geschrubbt. Und bringen Sie noch weitere Lampen mit, hier ist es finster wie im Hunnengrab.«

Während der Butler sich mit wehenden Rockschößen auf den Weg machte, öffnete Northcombe seinen abgewetzten, ledernen Arztkoffer und entnahm ihm Skalpelle in verschiedenen Größen, eine Knochensäge, eine Pinzette, Tupfer, Nadel und Faden und sogar eine Zahnbürste.

Constable Hartfield riss erstaunt die Augen auf und wandte sich an mich, eine Fülle von Fragen auf den Lippen. Aber schon rief der Doctor erfreut: »Da sind Sie ja, Brown! Haben Sie alles gefunden? Hier, stellen Sie sich hinter den Kopf des teuren Verblichenen und halten Sie die Lampe hoch.«

Rasch und sicher begann er mit dem Diktat: »Vor mir liegt ein männlicher Leichnam – wie alt war Colonel Banks?«

»Er beging im letzten Monat seinen siebenundfünfzigsten Geburtstag, bei guter Gesundheit«, erklärte Brown mit Grabesstimme.

»Siebenundfünfzig Jahre alt, in gutem Ernährungszustand.«

In der folgenden halben Stunde schrieb ich mir fast die Finger wund, denn gewissenhaft beschrieb der gute Doctor den gesamten äußeren Zustand des Colonels, von den Details der spärlichen Bekleidung, wobei ihm O'Leary mitunter mit einem Fachausdruck aushalf, über den Körper im unbekleideten Zustand unter Berücksichtigung jeglicher Narbe. Beim Zeigefinger der rechten Hand zögerte er.

»Was ist das? Leuchten Sie mal, Brown! Zwei kleine Wunden, frisch, entzündet.«

»Das ist gestern Abend passiert«, erläuterte ich, »als der Colonel eine Schatulle öffnen wollte. Sein Finger hat sich im Verschluss verklemmt. Es hat ihn außerordentlich aufgebracht.«

»Es war wohl auch außerordentlich schmerzhaft«, stellte der Doctor fest. »Sehen Sie: Der Finger ist angeschwollen. Die Schwellung scheint sogar auf den Unterarm übergegriffen zu haben. Wurde die Wunde versorgt?«

»Es war nur ein Kratzer«, sagte ich ratlos. »Miss Huntington hat ein Taschentuch um den Finger gebunden.«

»Wo ist das Tuch jetzt?«, fragte Doctor Northcombe.

O'Leary warf mir einen fragenden Blick zu. Ich zuckte die Achseln.

»Nicht im Zimmer des Toten«, sagte er, »und nicht im angeschlossenen Bad. Der Colonel muss es auf dem Weg nach oben abgestreift haben.«

»Wenn es gefunden wird«, erklärte Doctor Northcombe, »dann würde ich es gern untersuchen. Nanu, was machen Sie denn hier?«

Von uns allen unbemerkt, war Mani, die Haushälterin, eingetreten. Nun, da sich alle Blicke auf sie richteten, schwenkte sie eine leere Karaffe und brummelte unverständlich vor sich hin.

»Aha, natürlich«, begriff der Doctor. »Getränke für die Gäste holen. Na, dann gehen Sie schon und walten Sie Ihres Amtes! Husch! Na also. Kommen wir nun zur inneren Leichenbeschau.«

Fachgerecht führte er mit dem Skalpell einen Schnitt quer über den Schädel des Colonels und zog die behaarte Kopfhaut mit einem Ruck nach vorn über das Gesicht. Dann griff er zur Knochensäge und öffnete die Schädelhöhle. Er entnahm das Gehirn und legte es in eine Salatschüssel, um es zu wiegen. Nach einer kurzen Untersuchung öffnete er auch Brust- und Bauchhöhle. Obwohl es im Keller kühl war, breitete sich nun der charakteristische Geruch der Verwesung aus, schwer und süßlich. Ich seufzte im Stillen. Dieser Geruch würde unserer Kleidung hartnäckig anhaften, auch durch Waschen konnte man ihn nicht vollständig loswerden.

Ein leises Stöhnen schreckte mich auf. Constable Hartfield war blass geworden. Unauffällig schob O'Leary sich näher an den jungen Constable heran und steckte ihm ein Taschentuch zu, das einen leichten Pfefferminzgeruch verbreitete. Der Constable hielt es sich vor die Nase.

Wieder schrieb ich mit, was Doctor Northcombe diktierte. Es gab keine Anzeichen für einen Gehirnschlag oder ein Herzversagen, Leber, Lunge und Nieren waren unauffällig, vom Mageninhalt wurde eine Probe gesichert. Schließlich rupfte der Doctor dem toten Colonel noch ein paar Haare aus und verstaute sie gewissenhaft in einer Tüte.

»Tja, das wars«, sagte er und übergoss seine Hände mit Essig. »Wir können ihn wieder zunähen. Was soll dann mit der Leiche geschehen? Sind die nächsten Angehörigen schon verständigt?«

»Da gibt es niemanden«, erwiderte Brown. »Der Colonel war das einzige Kind seiner Eltern, beide ebenfalls Einzelkinder, und er hat niemals geheiratet. Ich bedaure, Sir – soweit ich auch überlege, er hat wohl keine Angehörigen mehr.«

Gleichgültig zuckte Doctor Northcombe die Achseln. »Dann ordnen Sie eben eigenmächtig an, wie er bestattet werden soll. Nun zum abschließenden Bericht: Genaues kann man natürlich erst sagen, wenn die Proben analysiert sind, was ich im Laufe des Tages zu tun gedenke, wenn auch mit bescheidener Ausrüstung. Ich werde mich morgen bei Ihnen melden. Vorläufig lautet der Befund: Keine Anzeichen für eine natürliche Todesursache. Der Colonel war kerngesund, als er starb. Ich weiß allerdings auch nicht, an welcher unnatürlichen Todesursache er gestorben sein könnte. Es gibt keine äußeren Verletzungen, abgesehen von den beiden kleinen Wunden, die ihm seine Schatulle beigebracht hat. Wäre es möglich, die Schatulle zu untersuchen?«

»Dazu müssten wir sie erst einmal finden, Sir«, erwiderte Brown. »Der Colonel ist … war sehr eigen mit dieser Schatulle. Er hat sie immer mit sich in die Bibliothek genommen und sie dort versteckt, allein. Niemand von uns weiß, wo er sie verwahrt hat.«

»So schwer ist das doch nun wirklich nicht«, unterbrach O'Leary. »Wenn es nötig wird, kann ich die Schatulle innerhalb von zehn Minuten finden – es gibt nur einen logischen Ort dafür. Allerdings wäre es mir einstweilen lieber, die Schatulle verbliebe dort, wo sie jetzt ist. Auf diese Weise wird derjenige, der den Colonel auf dem Gewissen hat, nicht versucht sein zu fliehen.«

Auf seine Worte folgte einiger Aufruhr.

»Phänomenal, Sir!«, rief der Constable. »Heißt das, Sie wissen bereits, wer der Täter ist?«

»Junger Mann, Sie sollten nicht versuchen, wichtige Tatsachen geheim zu halten«, mahnte Doctor Northcombe.

Selbst Browns unbewegter Miene war eine gewisse Erregung anzusehen. »Aber Sir, dem Colonel wäre es bestimmt nicht recht, wenn jemand die Schatulle entfernen würde!«

O'Leary wehrte die Aufregung mit einer Handbewegung ab. »Für den Augenblick, wie gesagt, soll die Schatulle bleiben, wo sie ist. Eine Untersuchung können wir auf später vertagen. Einstweilen war diese Obduktion sehr hilfreich, gerade weil sie kein abschließendes Ergebnis gebracht hat. Das bedeutet, ich bin auf der richtigen Spur, so rätselhaft sie jetzt auch noch erscheinen mag. Doctor Northcombe, Brown – bitte sorgen Sie dafür, dass der Leichnam wiederhergestellt und gereinigt wird, und verständigen Sie anschließend den Bestatter. Constable Hartfield, ich wäre Ihnen sehr verbunden, wenn Sie uns nach oben begleiten würden. Sofern Miss Huntington noch immer nicht aufgetaucht ist, werden wir die Suchaktion leiten müssen.«

»Miss Huntington!« In der Aufregung der letzten Stunden hatte ich die Reiseschriftstellerin völlig vergessen. Nun schlug mir heftig das Gewissen. »Sie könnte gestürzt sein! Sich verletzt haben! Oder vielleicht hat sie sich verirrt!«

»Aber nicht doch«, bremste mich O'Leary. »Haben Sie Miss Huntingtons Bücher gelesen? Sie erweckt den Eindruck, als könne sie hervorragend auf sich selbst aufpassen. Möglicherweise hat sie das schöne Wetter verlockt, ihren Ausflug über Gebühr zu verlängern.«

»Und wenn sie nun« – furchtsam senkte ich die Stimme – »in die Hände von Rhosyn gefallen ist?«

Bei der Nennung dieses Namens wurde Constable Hartfield aufmerksam.

»Was wissen Sie von Rhosyn?«, fragte er aufgeregt. »Er ist so etwas wie eine Berühmtheit, nicht wahr? Aber ich dachte, er sei in Wales tätig.«

»Dort hat er das erste Mal zugeschlagen«, bestätigte O'Leary, »auf dem Landsitz des Bischofs von Llandaff. Rhosyn ist spezialisiert auf kostbare Edelsteine – zu kostbar und zu berühmt, um sie zu verkaufen. Er muss ein Sammler sein, denn bisher ist nichts wieder aufgetaucht, was er einmal in seinen Fingern hatte. Deswegen spricht einiges dafür, dass er finanziell unabhängig ist, sich also in den besseren Kreisen der Gesellschaft bewegt. Abgesehen davon könnte es jeder sein, denn Rhosyn ist ein Meister der Verkleidung und Verstellung.«

»Denken Sie, Sir, er könnte sogar Sie täuschen?«, fragte der Constable mit heißen Wangen.

O'Leary presste die Lippen zusammen. In ihm rangen der Stolz und die angeborene Ehrlichkeit miteinander, aber schließlich siegte doch sein aufrichtiges Gemüt. »Vielleicht«, räumte er ein. »Wenn ich abgelenkt wäre. Wenn ein komplizierter Fall mein Gehirn über Gebühr beanspruchen würde, dann könnte ich die Zeichen übersehen.«

»Woher wussten Sie, dass Rhosyn es auf die Juwelen des Colonels abgesehen hat?«, wollte Constable Hartfield wissen.

»Der Detective Inspector hat ihn gewarnt. Hat er vergessen, Sie darüber zu informieren? Der Colonel hat kein Geheimnis daraus gemacht, dass er aus Indien einen großen Schatz mitgebracht hat. Als ein aufmerksamer Bahnbeamter auf der Strecke nach Southampton eine Rose an einem Handgelenk aufblitzen sah, zählte der findige Inspector eins und eins zusammen. Das zumindest geht aus dem Schreiben hervor, das der Colonel in seiner Bibliothek herumliegen ließ. – Oh Danny Boy, schauen Sie doch nicht so! Der Brief lag auf dem Schreibtisch, ich habe ihn gelesen, als wir die Bibliothek verließen.«

Tatsächlich, nun erinnerte ich mich daran, dass O'Leary in Blättern gewühlt hatte, ehe er an meiner Seite durch die Tür ging. Wie hatte er es in dieser Geschwindigkeit lesen können?

Constable Hartfield nagte an einem anderen Problem. »Der Bahnbeamte hat also die Rose aufblitzen sehen. Wie sah der Mann aus, der die Karte kaufte? War er groß, klein, von mittlerer Statur? Alt oder jung? Dick oder sehnig?«

»Er sah nur die Rose, für einen Augenblick, und hat sich anscheinend nicht viel dabei gedacht. Erst in der Mittagspause, als er es seiner Frau erzählte, schloss sie auf Rhosyn und verständigte die Polizei. Das bestätigt mich in der Meinung, die ich mir über Rhosyn gebildet habe. Er wollte die Polizei wissen lassen, dass er im Anmarsch ist. Das entspricht seiner Vorstellung von Fairness. Die Jagd macht ihm erst dann richtig Spaß, wenn seine Gegner gewarnt sind und er ihnen doch die Beute unter der Nase wegschnappt. Aber Rhosyn hat nicht damit gerechnet, dass der Colonel den Polizeischutz glatt ablehnen und stattdessen mich engagieren würde.«

»Werden Sie ihn zur Strecke bringen, Sir?«, fragte der Constable aufgeregt.

»Ich werde es versuchen«, versprach O'Leary. »Nachdem ich den Mörder des Colonels gefunden und Miss Huntington wieder aufgetrieben habe.«

Wie aufs Stichwort flog die Tür zum Wintergarten auf und frisch wie ein Ostwind wehte die lang vermisste Miss Huntington herein.

»Guten Morgen allerseits – ach, es ist wohl schon Lunchzeit? Ich habe mich verbummelt!«, rief sie fröhlich. »Das Wetter war so herrlich, gerade richtig für einen längeren Ausflug. Und dann habe ich diese freundlichen Landwirte getroffen, ganz reizende Menschen, die ihr Brot und ihren Käse mit mir geteilt haben, genau wie in Bagdad, als der Sultan mir … Aber was ist geschehen? Sie sehen ganz bedrückt drein, Mister Ffordes. Und warum ist dieser Polizist hier?«

Constable Hartfield machte unter der Präsenz der quirligen Miss ein paar tapsige Schritte nach vorn und übernahm es, ihre Fragen zu beantworten.

»Mylady«, begann er artig, »leider muss ich Ihnen mitteilen, dass Ihr Gastgeber, Colonel Banks, in der Nacht verstorben ist.«

Erschrocken riss sie die schmale Hand vor den kleinen, entzückenden Mund – für meinen Geschmack etwas zu theatralisch. »Wie entsetzlich! Er war so ein reizender Mann! Und ich habe vor meinem Aufbruch noch überlegt, ob ich kurz an seine Tür klopfen sollte! Herrje! Sie wollen doch nicht sagen, dass er zu diesem Zeit-punkt schon tot war?«

»Haben Sie Colonel Banks gestern Abend noch gesprochen?«, schaltete O'Leary sich ein. »Etwa, um zu fragen, ob Sie ausreiten dürfen?«

»Nein.« Jetzt wurde sie ruhiger, als sei der Kern der Botschaft durch ihre Fassade hindurch gedrungen und habe ihr Herz erreicht. »Gestern Abend hatte ich noch gar nicht an einen Ausritt gedacht. Ich bin gegen Morgen mit entsetzlicher Migräne aufgewacht und zuerst eine Weile im Zimmer auf und ab gegangen. Dann habe ich gedacht, dass ein scharfer Ausritt vielleicht das Richtige sei, um meinen Kopf wieder klar zu bekommen – in meiner Zeit in der Wüste stand stets ein Diener bereit, um mir ein Kamel zu satteln, wenn ich nicht schlafen konnte.«

»Und deshalb sind Sie hinuntergegangen, um Fathoms um ein Pony zu bitten«, fuhr O'Leary fort.

»Ich … also …« Miss Huntingtons reizendes Gesicht errötete kleidsam. »Ich habe ihn nicht direkt darum gebeten. Ich hatte ein-fach Angst, er würde es mir abschlagen. Also habe ich gesagt, er solle mir in die Stallungen folgen, dann habe ich auf das Pony gezeigt, das den ausgeruhtesten Eindruck machte – so etwas kann ich den Tieren ansehen. Die Scheiche schätzten mich als Pferde-kennerin. Und ich habe mir einen Sattel genommen und Fathoms nach einem Weg in den Wald gefragt. War das sehr unbedacht von mir?«

O'Leary winkte ab. »Auf jeden Fall ist es richtig, dass Sie davon erzählt haben. Auf welchem Weg sind Sie von Ihrem Zimmer in die Stallungen gegangen?«

»Durch den Gang und die Treppe hinunter«, erwiderte sie verwirrt. »Wieso, gibt es denn noch einen anderen?«

O'Leary überging ihre Frage. »Haben Sie dabei jemanden bemerkt, einen anderen Gast vielleicht, oder einen der Dienstboten?«

»Nein. Ich – manchmal bin ich regelrecht sensitiv, wenn ich schlecht geschlafen habe, und deswegen *dachte* ich kurz, es sei jemand hinter mir. Aber als ich mich umsah, war es nur ein Sari, der im Luftzug flatterte. Wie dumm von mir, nicht wahr?«

»Niemand kann etwas für seine Gefühle«, beruhigte O'Leary sie, »schon gar nicht, wenn der Kopf schmerzt. Wohin sind Sie geritten?«

»Oh, überall hin.« Sie machte eine kreisende Bewegung mit der Hand. »Der Weg, den Fathoms mir gezeigt hatte, war viel zu kurz, deswegen bin ich, als das Haus wieder in Sicht kam, einfach abgebogen. Ich verirre mich nicht so leicht. Die Maori auf Neuseeland gaben mir den Namen *Kreuz des Südens*, weil ich mich einfach immer und überall zurechtfinde. Es ist, als hätte ich einen eingebauten Kompass in meinem Bauch.«

»Und als Sie dann nicht mehr weiterwussten?«, fragte O'Leary mit der Andeutung eines Lächelns.

»Wie bitte? Oh … Da waren diese Landwirte, das heißt, ich glaube, der eine war ein Knecht … jedenfalls waren sie sehr gastfreundlich und weil das Pony ein wenig erschöpft war, haben sie mich auf dem Karren mitgenommen und hier abgesetzt. Ich weiß nicht – sollten wir ihnen etwas Geld anbieten?«

Sie zuckte auf ihre reizende Art die Achseln und warf mir einen schmachtenden Blick zu. Ich spürte, dass ich wieder einmal sinnlos errötete, und wandte mich rasch ab.

»Ich gehe und bringe das in Ordnung«, schlug ich vor und stürmte beinahe aus der Halle, verfolgt von ihrem glockenhellen Auflachen.

Tatsächlich standen drei Männer vor dem Tor herum und traten unschlüssig von einem Fuß auf den anderen. Der Älteste, augenscheinlich der Wortführer des Grüppchens, stand neben einem Ochsenkarren und hatte den Arm um den Hals des Ochsen gelegt. Er war ein rüstiger Endsechziger mit schlauen, misstrauischen Zügen und breiten Schultern. Neben ihm, die Hand am Zügel eines sehr erschöpft aussehenden Ponys, stand eine jüngere Ausgabe von ihm, es musste sich um seinen Sohn oder Neffen handeln. Sogar die Haltung war gleich, der herausfordernd vorgeschobene Oberkörper, die breit gestellten Beine und der hocherhobene Kopf. Seitlich dahinter stand eine Gestalt, die mir vertraut vorkam. Es war ein schmal gebauter, schlaksiger Mann, das dunkle Haar lang in den Nacken fallend, die Hände in den Taschen seiner hellen Leinenhose vergraben. Diesmal trug er allerdings Schuhe, ebenfalls aus hellem Leinen. Er blickte unbehaglich zu Boden und schien von Herzen zu wünschen, gerade anderswo zu sein. Was für ein glücklicher Zufall! Es musste sich um Mister Satterthwait handeln, den Mann, der gestern die Sau durchs Dorf getrieben hatte und den O'Leary zu sprechen wünschte. Wenn ich es geschickt anfing, konnte ich meinem Arbeitgeber diese Gelegenheit verschaffen.

»Guten Tag, die Herren«, grüßte ich aufgeräumt. »Miss Huntington hat eben gebeichtet, dass sie Ihnen gehörig zur Last gefallen ist.«

Es sollte nur eine Höflichkeitsfloskel sein, doch der Wortführer der Agrarier nickte eifrig.

»Wenn sie's nur selber einsieht, dass sie das ist. Wilson mein Name, James Wilson. Sie tauchte urplötzlich am Waldrand auf, trieb ihren Gaul geradewegs übers Feld mittenmang den Ähren, und als Steven, mein Sohn hier, winkte, dass sie mal besser stoppen sollte, winkte sie zurück. Dann fing sie an zu erzählen, wo sie alles war, bei den Hottentottens und wo noch, und dann rückte sie damit raus, dass sie sich verirrt hätte. Und Hunger hätte sie, weil sie das Frühstück verpasst hätte. Hat reingehauen wie ein Scheunendrescher, das müsste ich mir eigentlich auch bezahlen lassen.«

Satterthwait machte eine Bewegung nach vorn, als wolle er sich einmischen.

»Ja, ja!«, rief Wilson. »Ich habe ja schon gesagt, dass es in Ordnung ist. Aber für die ausgefallene Arbeitszeit und das zertretene Feld und dafür, dass wir sie hergebracht haben, müssten wir schon etwas bekommen.«

»Aber natürlich«, stimmte ich zu. Ich überschlug kurz den entstandenen Schaden, rundete großzügig auf, weil die drei Miss Huntingtons Geplapper hatten ertragen müssen, und zog einen Schein aus meiner Börse.

Wilson blickte auf den Schein und zog seine Kappe. »Meinen Allerverbindlichsten!«, rief er. »Wenn die Dame morgen noch einmal ausreiten möchte, kann sie gern denselben Weg nehmen!«

Damit packte er den Ochsen fester und machte sich daran, den Karren zu wenden. Sein Sohn Steven drückte mir den Zügel des Ponys in die Hand und kam ihm zu Hilfe. Auch Mister Satterthwait wollte sich zum Gehen wenden, da winkte ich ihn heran.

»Wenn Sie vielleicht noch ein bisschen Zeit hätten? Mister Satterthwait, nicht wahr?«

Er nickte knapp. »Und Sie sind?«

»Daniel Ffordes.«

»Sie waren das gestern in dem roten Lancia. Wer saß neben Ihnen?«

»Cristóbal O'Leary.«

Er schaute mich ungläubig an, seine dunklen Augen funkelten. »*Der* O'Leary?«

»In der Tat. Soweit ich weiß, würde er Sie gern sprechen.«

»Geht es um Ottilie? Hat sie im Park irgendwelchen Schaden angerichtet?«

Ich brauchte einen Moment, um zu verstehen, wovon er sprach. »Die Sau? Nein, ich glaube nicht, dass O'Leary sich mit einigen ausgegrabenen Tulpenzwiebeln befassen würde.«

Satterthwait lächelte sein knappes Lächeln.

»Ich auch nicht. Aber mir ist nicht klar, worum es sonst gehen könnte.«

»Am einfachsten wird es sein, wenn Sie hereinkommen und ihn selbst fragen«, schlug ich vor. »Oder haben Sie noch etwas mit den Herren Wilson zu besprechen?«

Er zuckte die Achseln. »Ich kam sowieso nur zufällig am Feld vorbei. Sie haben mich gebeten, sie zu begleiten, weil sie anscheinend besorgt waren, dass man ihnen nicht glauben würde.«

»Wenn Miss Huntington im Spiel ist«, erklärte ich grimmig, »bin ich mittlerweile geneigt, alles Mögliche zu glauben.«

»Sie ist ein wenig schwierig, nicht wahr?«, stimmte Satterthwait zu. Wir wechselten einen Blick und schlugen gleich darauf beide die Augen nieder, um uns das Lachen zu verkneifen.

»Das ist hier schon mehreren Personen aufgefallen«, sagte ich, innerlich grinsend, als ich an den verwirrten Professor Figgs dachte, der dieselben Worte wie eben Satterthwait benutzt hatte. »Kommen Sie, O'Leary ist dort drinnen im Salon.«

***

Nachdem O'Leary Doctor Northcombe verabschiedet hatte, hatte er sich wieder hergerichtet, Kajal aufgetragen und turmhohe Schuhe angezogen. Außerdem trug er sein spektakulärstes Jackett, das in einem oszillierenden Grün erstrahlte, über einem schwarzen Hemd und einer ebenso schwarzen, gewagt engen Hose. Seine Finger hatte er so dicht mit überdimensionierten, klobigen Ringen besteckt, dass er die Hände nicht schließen konnte. Ich kannte ihn schon jetzt gut genug, um zu verstehen, dass es seine Art war, Abstand von der eben gesehenen Obduktion zu gewinnen.

Er stutzte, als er Satterthwait in meinem Schlepptau bemerkte, und lief uns dann enthusiastisch entgegen.

»Mister Satterthwait, Sie sind genau der Mann, den ich in diesem Augenblick gern sprechen möchte! Setzen Sie sich dort in den Ohrensessel!«

Satterthwait, überrumpelt von diesem herzlichen Empfang, ließ sich behutsam in die Polster sinken.

Es war das zweite Mal innerhalb weniger Stunden, dass ich mich in dem Salon aufhielt. Diesmal nahm ich mir die Zeit, mich genauer umzusehen.

Der Raum war klein, deswegen fiel der obligatorische Kamin umso stärker ins Auge. Dieser war irritierenderweise mit Stuck verkleidet, auf dem Sims standen einige Nippes-Figuren und starrten dümmlich auf die Schäfchen zu ihren Füßen. Vor dem Kamin waren drei Sessel zu einer Sitzgruppe aufgestellt, zwischen ihnen stand ein zierliches Tischchen auf Tigerfüßen. An den Wänden hingen Fotografien, auf denen der Colonel ein Tigerfell präsentierte. Satterthwait betrachtete es mit Abscheu und wandte sich dann O'Leary zu.

»Arbeiten Sie für Colonel Banks?«

»Sozusagen«, erwiderte O'Leary. »Er ist tot und ich wüsste gern, wieso.«

Satterthwait zuckte die Achseln. »Ich nicht. Wir standen uns nicht besonders nahe. Er hat mir andauernd gedroht, mich zu verklagen.«

»Weil Ihre Tiere in seinen Park gelaufen sind?«

»Nein.« Er zögerte. »Das gestern war ein Ausnahmefall. Es ging um Weiderechte. Ich habe meine Schafe auf dem Land grasen lassen, das ich gepachtet habe. Sie können den Pachtvertrag gern einsehen, es hat alles seine Richtigkeit. Der Colonel behauptete, die Schafe würden seinen Ponys das Futter wegnehmen. Angeblich besteht ein Vorweiderecht des Lords. Als ich ihn aufforderte, mir die Papiere zu zeigen, sagte er, die seien bei einem Brand vernichtet worden. Das Recht sei ihm aber damals beim Kauf zugesichert worden. Ich erklärte, es ginge mich nichts an, was jemand anderer ihm zugesichert habe, und ich hätte durch den schriftlichen Pachtvertrag das Recht auf meiner Seite. Aber mit Argumenten war bei Colonel Banks nichts auszurichten.«

Er schüttelte den Kopf. »So ging das eine Weile hin und her. Und gestern hat er eins meiner Schafe getötet.«

»Sind Sie sicher, dass er es war?«, erkundigte sich O'Leary.

»Er oder einer seiner Bediensteten, der sinistre Butler oder der schleimige Diener. Wer sonst sollte es gewesen sein?«

»Wie fanden Sie das Schaf vor?«, fragte O'Leary behutsam weiter.

»Tot«, entgegnete Satterthwait prompt. »Aufgeschlitzt und ausgeweidet, die Gedärme daneben in einem Lagerfeuer verbrannt. Wer macht so etwas? Was, zum Henker, hat ihm Molly getan? Aber natürlich, wer sein Leben so verbringt« – er wies auf die Bilder – »der hat auch keine Hemmungen, ein Schaf abzuschlachten.«

»Hm«, machte O'Leary. »Eigentlich habe ich Sie wegen einer ganz anderen Sache sprechen wollen. Constable Hartfield sagte mir, Sie kämen viel im Dorf herum. Haben Sie in der letzten Zeit ungewöhnliche Neuankömmlinge gesehen?«

»Noch ungewöhnlicher als Miss Huntington?« Ein Lächeln flog über seine Züge. »Gestern waren einige seltsame Leute auf dem Weg zum Colonel. Ein Herr mit Turban und Pantoffeln hat sich bei mir nach dem Weg erkundigt. Und gleich darauf kam dieser merkwürdige Vogel im Frack vorbei, der stottert und hinter Libellen herspringt. Die Gäste des Colonels?«

O'Leary nickte. »Sonst noch jemand?«

»Nein, die letzten Wochen nicht. Vor drei Monaten war mal jemand hier, ein junger Mann, sagte, er arbeite für die Presse und ob ich ihm etwas über Colonel Banks erzählen wollte. Ich habe ihn weggejagt. Keine Ahnung, ob er hier auch vorgesprochen hat.«

»Danke sehr.« O'Leary versuchte seine Finger zu verschränken, gab aber bald auf. »Sie waren uns eine große Hilfe. Hoffentlich haben Sie mit dem nächsten Eigentümer des Herrenhauses nicht so großen Ärger.«

Satterthwait erhob sich und wandte sich zur Tür. Dann drehte er sich noch einmal um. »Mister O'Leary? Wer auch immer den Colonel auf dem Gewissen hat – ich wars nicht.«

»Ich weiß«, erwiderte O'Leary ruhig. »Machen Sie sich keine Sorgen.«

Ich brachte Satterthwait zur Tür. Als ich in den Salon zurückkehrte, saß O'Leary immer noch im Sessel und hatte die Füße gegen den kalten Kamin ausgestreckt. Vor ihm auf dem Tischchen standen die Porzellanfiguren vom Kaminsims, er schob sie nachdenklich hin und her.

»Zu viele Spuren, oh Danny Boy«, murmelte er vor sich hin. »In diesem Fall gibt es viel zu viele Spuren und die meisten führen in die Irre. Normalerweise besteht die Schwierigkeit bei einem Fall darin, überhaupt eine Spur ausfindig zu machen und ihr bis zum Ende nachzugehen. Aber hier liegt eine Spur über der anderen, verdeckt sie, übertönt sie oder verwischt sie. Haben Sie schon notiert, was Satterthwait uns erzählt hat?«

Ich holte den Block heraus und begann zu schreiben. »Warum sind Sie so sicher, dass er es nicht war?«, fragte ich dabei. »Er hat ein starkes Motiv. Nachbarschaftsstreitigkeiten, die Ungewissheit über einen Prozessausgang, denn auch wenn er die besseren Argumente hat, könnte das Gericht doch anders entscheiden. Der Colonel gilt als Kriegsheld und wohnt außerdem im Herrenhaus, da könnte es durchaus passieren, dass ein Richter eher geneigt wäre, an die verlorene Urkunde und das alte Gewohnheitsrecht zu glauben als an den Pachtvertrag eines

– nun ja, eines eher unkonventionellen Aussteigers, der Schafe und Schweine durchs Dorf jagt.«

»Gesetzt den Fall, er wäre es gewesen«, überlegte O'Leary und begann damit, systematisch die Ringe von seinen Fingern zu zupfen und sie zwischen den Porzellanfiguren auf dem Tisch zu arrangieren, »wie hätte er es dann angestellt? Wie wäre er ins Haus gelangt?«

»So wie sein Schwein«, sagte ich. »Durch die Hecke in den Park. Hier gibt es keine Parkwächter und auch wenn der Colonel der Ansicht war, Brown und seine Haushälterin seien ein ausreichender Schutz für Haus und Hof, so können sie doch nicht überall sein. Ein findiger und gewandter Eindringling könnte sich Zutritt verschaffen. Der Colonel schlief allein in seinem Flügel und er hatte nicht unbeträchtlich dem Sherry zugesprochen. Satterthwait wäre also unbehelligt über die Treppe in das Zimmer des Colonels gelangt und hätte ihn töten können.«

»Wie?«, fragte O'Leary. »An der Leiche sind keine Spuren. Er wurde weder erschossen noch erstochen oder erdrosselt. Er wurde nicht erstickt und nicht verbrannt. Auf welche Weise hätte Satterthwait den Colonel getötet, ohne irgendeine Spur zu hinterlassen?«

Ratlos starrte ich auf meine Notizen.

»Das Haus ist voller Waffen«, fuhr O'Leary fort und schob gedankenverloren die Figuren und die Ringe im Kreis, »beinahe jeder hatte Zugang zu dem Zimmer oder hätte ihn sich verschaffen können, die Nacht war lang genug, um eine Lücke in jedem Alibi zu öffnen. Da bleiben uns nur das Motiv und die rätselhafte Todesart des Colonels, um den Kreis der Verdächtigen einzuschränken.«

»Was ist mit dem auffälligen Verhalten des mutmaßlichen Täters?«, fragte ich. Beim Hin- und Herblättern war mein Blick auf eine Aussage gefallen, die eine Reihe von Widersprüchen enthielt. »Was ist mit einem ganzen Sack voller überflüssiger, durchsichtiger Lügen und einer vorgetäuschten Ohnmacht, um sich der Befragung zu entziehen? Was ist mit Doreen?«

5. EINE DEMASKIERUNG

O'Leary legte einen seiner Ringe auf die Seite und stellte stattdessen eine der kleinen Schäferinnen aus Porzellan mitten auf den Tisch.

»Also gut«, sagte er, »Mister Satterthwait ist aus dem Rennen. Was also ist mit Doreen, dem Zimmermädchen?«

Ich zählte meine Verdachtsmomente an den Fingern her, während ich immer aufgeregter im Zimmer auf und ab marschierte.

»Zunächst erklärte sie, von der Tür aus habe es so ausgesehen, als sei es dem Colonel nicht wohl. Dann, als wir vor dem Zimmer standen, räumte sie ein, dass sie zum Fenster gehen wollte, um die Vorhänge zurückzuziehen. Und schließlich gab sie zu, die Kerze neben dem Bett fallengelassen zu haben. Neben dem Bett, O'Leary! Das liegt ganz und gar nicht auf dem Weg zwischen Tür und Fenster. Aber anstatt zu erklären, wie es sich nun wirklich abgespielt hatte, verdrehte sie einfach die Augen und plumpste in meine Arme. Wenn das nicht verdächtig ist … Wo war sie denn nun?«

O'Leary hatte mit wachsender Ungeduld zugehört. »Wo sie war?«, warf er ein. »Aber das hat sie doch gesagt, wenn auch nicht in der vernünftigen, überlegten Reihenfolge, die sich ein Täter zurechtgelegt hätte. Zuerst stand sie im Türrahmen, von wo aus sie dem Colonel einen guten Morgen gewünscht hat. Sie haben sicher bemerkt, dass zwischen den beiden eine enge Beziehung bestand, die sie geheim zu halten versuchten? Das war doch offensichtlich.

Es wäre Doreens Aufgabe gewesen, auf der Terrasse zu bedienen. Da sie aber fürchteten, sich durch Blicke oder Gesten zu verraten, hat der Colonel diese Aufgabe der Haushälterin Mani übertragen. Das wird auch einer der Gründe für ihren Missmut gewesen sein. Als der Butler den Colonel beim Dinner entschuldigte, war Doreen über diese Nachricht so bestürzt, dass sie kaum in der Lage war, aufzutragen. Wieder musste Mani einspringen. Und als sie zitternd und völlig aufgelöst unsere Hilfe suchte … ganz eindeutig waren das nicht die Empfindungen, die ein junges Hausmädchen hegt, wenn der Arbeitgeber krank ist. Die beiden, oh Danny Boy, waren ein Liebespaar.«

»Das macht sie eher noch verdächtiger«, grollte ich. »Zwist zwischen Liebesleuten hat schon oft zum Tod eines der Beteiligten geführt. Sie wünschte dem Colonel also einen guten Morgen. Was dann?«

»Als auf ihren Ruf keine Antwort erfolgte, stellte sie das Tablett ab, hob die Kerze über ihren Kopf – was die Wachsspritzer auf dem Boden beweisen – und eilte zum Bett, wo sie den vermeintlichen Schläfer wecken wollte. Aber etwas ließ sie zurückschrecken. Wir wissen jetzt, dass es die Anwesenheit des Todes war, die sie spürte. Sie ließ die Kerze fallen und konnte sie, da sie unter den Nachttisch gerollt war, nicht mehr wiederfinden. Nun war Doreen vollkommen ratlos. Ihr erster Impuls war, die Vorhänge aufzuziehen, um für Licht zu sorgen. Dann aber dachte sie, dass sie besser nichts berühren sollte, verließ das Zimmer und eilte durch den Geheimgang zu uns.«

»So ergibt es einen Sinn«, gab ich zu, noch immer verstimmt. »Aber warum hat sie es nicht in dieser Reihenfolge erzählt, sondern sich in all diese Widersprüche verwickelt?«

»Das geheime Verhältnis, oh Danny Boy. Sie befürchtete, ihr Ruf würde leiden, wenn sie die Vertrautheit eingestehen würde, mit der sie den Colonel wecken wollte. Deswegen versuchte sie den Hergang zu verschleiern, selbst um den Preis, dass sie dadurch in Verdacht geriet. Ein Hausmädchen, das eine Liebelei mit der Herrschaft anfängt, bekommt nirgendwo mehr eine Stelle. Da fragt niemand nach dem Hergang, ob es die große Liebe war und ein Heiratsversprechen im Raum stand, oder ob halb verführt, halb erpresst wurde. Sie trüge für ihr Leben ein Kainsmal – deswegen wollen wir die ganze Geschichte nicht überbewerten, denn im Grunde ist sie noch ein halbes Kind und hat es nicht verdient, ihr ganzes Leben lang an dieser Affäre gemessen zu werden.«

»Kein Wunder, dass sie ohnmächtig wurde!«, rief ich mitleidig. »Was für eine Verstrickung!«

Ich hob die kleine Porzellanschäferin behutsam hoch und stellte sie zurück auf das Kaminsims.

»Soll ich die Blätter mit ihrer Aussage aus dem Notizbuch entfernen?«

»Nein«, erwiderte O'Leary, »sie sind noch aus einem anderen Grund wichtig. Erinnern Sie sich daran, dass eine Waffe verschwunden ist?«

Ich blätterte in den Unterlagen. »Ein Katar mit einer etwa acht Zoll langen Klinge«, bestätigte ich. »Er hing an der Wand, etwa auf halber Strecke zwischen der Halle und dem ersten Stock, und verschwand zwischen dem Tee und dem Ende des Dinners. Grüner Griff, die Klinge vergoldet, wobei ich Letzteres allerdings nicht aus eigener Anschauung weiß, sondern nur von Ihnen gehört habe.«

»Sie sind ein Juwel, oh Danny Boy. Jemand hat diesen Katar an sich genommen, als er die Treppe hinauf- oder hinunterging. Es war ein spontaner Entschluss. Warum gerade ein Faustdolch?«

»Einfach zu verstecken«, schlug ich vor. »Ein Gewehr lässt sich nicht in den Taschen verbergen, ebenso wenig wie ein Säbel.«

»Eine Pistole lässt sich sehr wohl unauffällig verbergen«, wandte O'Leary ein, »und wenn ich die Absicht hätte, jemanden zu töten, würde ich eher zur Schusswaffe greifen, als einen nur im Nahkampf geeigneten Katar zu wählen.«

»Aber ein Schuss ist doch weithin zu hören!«

Er zuckte die Achseln. »Wie Sie schon sagten, der Colonel war allein in seinem Trakt. Niemand hätte etwas gehört. Trotzdem hat jemand diese traditionell indische Waffe gewählt. Und nicht nur das: Er ist tatsächlich damit ins Zimmer des Colonels gelangt. Es gibt Spuren auf der Treppe, Erdklümpchen und kleine Steine, und außerdem etwas noch viel Entscheidenderes. Erinnern Sie sich an den frischen Schnitt im Teppich, in dem ich mich verfangen habe?«

»Doreen ...«, begann ich.

»... benutzte, wie wir wissen, auf allen Wegen den Geheimgang, genau wie der Butler und alle anderen, die zum Hausstand gehören. Es war also jemand, der sich im Haus nicht auskannte und von diesem zweiten Zugang nichts wusste. Vielleicht hat er die Haustür verrammelt, bevor er ins Zimmer des Colonels ging. Wir haben das nicht überprüfen können, weil uns Doreen durch den Geheimgang führte. Jedenfalls war er vollkommen überrascht, als er Doreen kommen hörte. Ihm blieb nur noch die Zeit, sich zu verstecken.«

Im Geiste rekapitulierte ich die spärliche Einrichtung im Zimmer des Colonels.

»Da hatte er nicht viele Möglichkeiten.«

»Er hatte in der gebotenen Eile nur eine einzige«, schränkte O'Leary weiter ein. »Er sprang hinter die Vorhänge und verhielt sich ganz still. Erinnern Sie sich? Doreen ist nicht bis an die Vorhänge gelangt. Dennoch war der rechte Vorhang verdreht, während der linke wohlgeordnet herunterhing. Außerdem fanden sich hinter dem rechten Vorhang ebenfalls kleine Erdkrumen und Steinchen.«

Unwillkürlich schnappte ich nach Luft. »Sie meinen … die ganze Zeit, in der Doreen klopfte, zaghaft eintrat, ihr Tablett abstellte und sich zum Bett tastete, stand jemand hinter dem Vorhang? Jemand, der mit einem Katar bewaffnet war … Aber was wäre passiert, wenn sie ihrem ursprünglichen Impuls gefolgt wäre und die Vorhänge beiseite gezogen hätte?«

»Ich glaube nicht, dass sie in unmittelbarer Gefahr war«, sagte O'Leary und warf einen schnellen Blick auf die Schäferin aus Porzellan. »Der Eindringling hinter dem Vorhang hatte es nur auf den Colonel abgesehen und war ebenso erschrocken wie Doreen, als ihm aufging, dass sein ausersehenes Opfer bereits tot war. Während ihrer Anwesenheit verhielt er sich ganz still und flüchtete, als Doreen das Zimmer verließ, um uns zu alarmieren. Auf der Treppe ist ihm die Waffe aus der Hand gefallen und hat einen kleinen Schnitt im Teppich hinterlassen. Nun, wer von den Gästen gibt sich betont indisch? Wer hätte, obwohl eine Schusswaffe praktischer gewesen wäre, unter allen Umständen eine traditionell indische Waffe gewählt, selbst dann, wenn er sie nicht zufriedenstellend handhaben könnte?«

»Prinz Qazim«, erwiderte ich tonlos und legte einen von O'Learys Ringen in die Mitte des Tisches. »All das weist auf ihn hin. Aber warum? Er ist gerade aus dem Punjab eingereist, er hat den Colonel nie zuvor gesehen. Warum sollte er ihn töten wollen?«

»Das werden wir gleich erfahren«, beschloss O'Leary. »Holen Sie mir eine Schüssel mit Wasser sowie einen Schwamm, oh Danny Boy, aber bitte unauffällig, ohne dass jemand anderes es sieht! Dann bitten Sie Brown herein.«

»Den Butler? Aber was sollte er ...«

»Und schließlich, wenn alles vorbereitet ist, bringen Sie Prinz Qazim in dieses Zimmer, unter einem Vorwand. Sagen Sie ihm ... Ach, sagen Sie nur, ich wollte noch eine Aussage abgleichen.«

Mir war zwar unbegreiflich, worauf O'Leary hinauswollte, dennoch – getreuer Diener, der ich war – zögerte ich keinen Augenblick, seine Anweisungen auszuführen. Unter leisen Protesten und mit einer gehörigen Portion Selbstmitleid trottete ich vom Salon aus in die Eingangshalle, stieg die Treppe empor bis zum ersten Absatz und schwang mich über das Geländer, um eine flache, etwa handgroße Schale zu ergattern, die schon bei unserer Ankunft meine Aufmerksamkeit erweckt hatte. Sie schien aus einem einzigen Lapislazuli geschliffen zu sein und leuchtete in einem temperamentvollen Blau. Behutsam nahm ich sie auf. Das Licht der Kerzen glitt durch ihre Wölbung wie ein Tiger durch einen tiefen, klaren Fluss.

Jemand räusperte sich hinter mir. Ich fuhr zusammen, als sei ich ein Dieb, und in meinem Schrecken hätte ich das Kunstwerk beinahe fallen lassen.

»Kann ich Ihnen behilflich sein, Sir?«, erkundigte sich der Butler Brown mit steinerner Miene.

»Ah«, sagte ich, mühsam meine Fassung zurückgewinnend, »gut, dass ich Sie treffe! Ich dachte, Sie seien noch im Keller mit dem Herrichten Ihres, hm, ehemaligen Herrn beschäftigt. O'Leary ist im Salon, er möchte Sie sprechen.«

»Soll ich die Maharadscha-Schale mitnehmen, Sir?«

»Nein, Brown. Vielen Dank. Aber ich benötige sie noch. Für ein Experiment, das O'Leary ...«

»Sehr wohl, Sir. Geben Sie die Schale nach dem Experiment bitte in der Küche ab, ich werde sie dann reinigen und zurück an ihren Platz stellen.«

»Gut«, murmelte ich, »danke. Sagen Sie, Brown, wie kommt es wohl, dass diese elefantenköpfige Statue, dieser Ganesha, von seinem Sockel gekippt wurde?«

Er zuckte die Achseln. »Ich habe nicht die geringste Ahnung, Sir. Ich stelle ihn bei jedem samstäglichen Hausputz auf und tags darauf liegt er wieder daneben. Vermutlich ist er zu schwer für den Sockel und bekommt in der Nacht Übergewicht.«

»Und was ist mit dem kleinen Äffchen aus Aventurin geschehen? Hat jemand mutwillig ein Ohr abgebrochen?«

»Gewiss nicht, Sir. Dafür gibt es doch gar keinen Grund! Vielleicht ist Mani mit dem Stock dagegen geraten. Sie ist alt, da passieren schon einmal Missgeschicke.«

Ich nickte nachdenklich und beschloss, einen Vermerk in meinem Notizbuch zu machen.

Aus der Gießkanne im Wintergarten füllte ich Wasser in die Lapislazuli-Schale. Dort fand sich auch ein Schwämmchen, mit dem sonst die Schnittblumen gesteckt wurden. Beides brachte ich in den Salon und dann machte ich mich auf die Suche nach Prinz Qazim.

Zu meiner Überraschung fand ich ihn in der Bibliothek. Er hatte eine der Schriften aus ihrer Vitrine gehoben und sich damit in einen Sessel vor dem Kamin gesetzt.

Bei meinem Eintreten sprang er auf die Füße, ließ sich aber, als er mich erkannte, zurück in den Sessel sinken. »Ach, Sie sind es nur! Ich dachte schon, es sei der Bischof, der schon wieder Lust auf ein Streitgespräch verspürt. Am Hofe meines Vaters hätte man ihm sicher die Zunge herausgeschnitten!«

»Wäre das nicht sehr radikal?«, fragte ich.

»Es scheint so, ja. Aber vergessen Sie nicht die Abschreckung. Mit einem einzigen Schnitt ist man sämtliche Missionare los, das nenne ich eine große Wirkung. Wollten Sie zu mir?«

»Sozusagen. O'Leary bittet Sie, in den Salon zu kommen.«

»Ich weiß nichts über den Tod des Colonels«, erwiderte Qazim unwillig. »Ich habe einen tiefen Schlaf und war gestern, als ich ins Bett ging, nicht mehr ganz nüchtern. Ich habe nichts gehört oder gesehen und von den ganzen Vorgängen erst beim Frühstück erfahren. Sagen Sie ihm das bitte, ich habe hier zu tun.«

»Können Sie diese Handschrift lesen?«, fragte ich.

Er lächelte flüchtig und strich mit der Hand über die Bilder. »Nicht fließend«, gab er zu. »Aber ich kann die Grundzüge erschließen. Es ist eine alte Sage über eine indische Göttin. Sie kann sehr schön und hilfreich sein, aber auch abscheulich grausam. Das ist sie vor allem dann, wenn man ihr die gebührende Hochachtung verwehrt. Eine Göttin will angebetet werden, das ist ihr Sinn und Daseinszweck.«

»Soso«, brummte ich. »Nun, mein Daseinszweck besteht im Augenblick darin, Sie in den Salon zu befördern. O'Leary sagte, es sei eine Kleinigkeit. Er braucht Sie, um eine Aussage abzugleichen.«

»Und warum kommt er nicht zu mir?«, fragte der Prinz misstrauisch.

Jetzt musste ich improvisieren. »Er wartet noch auf den Constable«, versuchte ich mein Glück, »und da er ihn gebeten hat, zum Salon zu kommen, möchte er nicht, dass der Constable in ein leeres Zimmer platzt. So etwas ist immer sehr irritierend, finden Sie nicht?«

»Nein«, sagte der Prinz entschieden. »Ich finde es bei weitem irritierender, wenn jemand in ein Zimmer platzt, in dem ein anderer sitzt und liest, und sich nicht mehr abschütteln lässt. Aber Sie werden mir wohl keine Ruhe lassen, nicht wahr?«

Ich zuckte die Achseln. »Ich stehe in den Diensten von O'Leary. Wenn er mich damit beauftragt, Sie in den Salon zu holen, dann setze ich alles daran, diesen Auftrag auszuführen.«

»Dienstbotenseele«, murmelte der Prinz, absichtlich so laut, dass ich es hören musste. Dann blätterte er das Manuskript auf die Seite zurück, auf der es ursprünglich geöffnet gewesen war, und legte es zurück in die Vitrine.

»In Ordnung, wenn es denn sein muss. Hier, hängen Sie den Vitrinenschlüssel an den Haken dort drüben neben dem Regal.«

Mit einem Aufseufzen erhob sich der Prinz aus dem Sessel, schob die Hände in die Taschen seines orientalischen Gewandes und schlenderte hinter mir her. Etwas nagte an mir, ohne dass ich es genau bestimmen konnte. Erst in der Halle fiel es mir auf: Der indische Akzent, mit dem der Prinz sonst gesprochen hatte, schien sich verflüchtigt zu haben.

***

Ich klopfte an die Tür zum Salon. »O'Leary«, rief ich, »Prinz Qazim ist da.«

»Bestens. Kommen Sie herein!«

Ich öffnete die Tür und ließ dem Prinzen den Vortritt.

Noch ehe ich begriff, was passierte, hatte O'Leary den Prinzen beim Kragen gepackt. Mit einer Hand hielt er den völlig überraschten Qazim fest, mit der anderen riss er ihm den Turban vom Kopf, packte den durchnässten Schwamm und schrubbte damit über Qazims Gesicht. Der Prinz strampelte, fluchte und versuchte sich loszureißen, aber O'Leary blieb unerbittlich. Langsam, unter beständigem Scheuern, löste sich die gebräunte Gesichtsfarbe des Prinzen. Der nachtschwarze Kajal um seine Augen verschwand und mit ihm der geheimnisvoll funkelnde Blick. Übrig blieb ein tropfnasser, unscheinbarer, junger Mann mit einer scharfen Nase und dunklen Bartstoppeln auf der Oberlippe, der mit Schimpfwörtern aus der niedrigsten Londoner Gasse um sich warf und hasserfüllt versuchte, in O'Learys Finger zu beißen.

»Arjan Ramakrishnan!«, rief Brown und wies mit zitternder Hand auf eine Fotografie an der Wand. Sie zeigte den Colonel, der seinen Fuß in den Nacken eines toten Tigers gestellt hatte und, locker auf sein Gewehr gestützt, in die Kamera grinste. Hinter ihm waren Hütten zu erkennen, aus denen scheu die indischen Dorfbewohner lugten, und da, genau in dem Dreieck, das aus seinem gebeugten Arm und dem Gewehrlauf gebildet wurde, erkannte ich einen Mann, der dem abgeseiften Prinzen wie aus dem Gesicht geschnitten war.

»Gott sei meiner Seele gnädig, es ist Arjan Ramakrishnan«, wiederholte Brown mit heiserer Stimme. »Aber wie ist das möglich? Er ist tot!«

»Es ist allem Anschein nach sein Sohn«, erläuterte O'Leary, »der nach der heimtückischen Ermordung seines Vaters nach England geschmuggelt wurde. Er war damals noch ein Kleinkind. Da er hier aufgewachsen ist, hat er nur geringe Kenntnisse vom Leben in Indien. Würde ein gläubiger Hindu auf der Frühstückstafel Roastbeef erwarten? Hätte ein indischer Prinz sich nicht sofort für die Pferde im Stall interessiert?«

Er wandte sich mir zu. »Wissen Sie noch, oh Danny Boy, wie wir gestern hinter dem Sari eine rätselhafte Gestalt belauschten, die mit gepresster und unnatürlich hoher Stimme fremdartige Worte artikulierte? Ich sagte Ihnen später im Park, dass ich hinter dem Sari einen Gegenstand aus Bariumoxid vermutete, und so war es auch: Dort steht der einzige mannshohe Spiegel, denn auf den Zimmern der Herren gibt es ja nur Rasierspiegel. Und vor dem Spiegel richtete jemand sein ungewohntes Kostüm und sagte probeweise seinen Text her – er memorierte, wie Schauspieler es mitunter tun, in einem hohen Singsang. Landschaften, Flüsse, Gegenstände aus Indien, die er nicht kennen konnte, weil er dort nicht aufgewachsen ist.«

Ich starrte noch immer verblüfft auf das veränderte Gesicht von Prinz Qazim, oder Ramakrishnan, wie ich mich innerlich verbesserte. Mit hängenden Schultern, das Haar in Strähnen an den Kopf geklatscht, stand der ehemals so imposante Exot vor O'Leary, als stünde er bereits vor seinem Richter, und machte keinerlei Anstalten zur Flucht.

»Ist das der junge Mann, den Mister Satterthwait fortgejagt hat?«, fragte ich.

»Ja, so ist es. Er gab sich als Journalist aus, um sicherzugehen, dass er die richtige Beute jagte. Die Verkleidung legte er sich erst später zu, weil er zu Recht vermutete, der Colonel oder Brown würden ihn aufgrund seiner Ähnlichkeit mit seinem Vater erkennen.«

»Es ist in der Tat verblüffend, Sir«, gab Brown zu, »dass mir, obwohl ich die Fotografie täglich vor Augen habe, nichts aufgefallen ist. Ich hätte nicht gedacht, dass die Farbe und der Turban einen Menschen so verändern können.«

»Auf die Idee mit dem Schwamm kam ich«, erläuterte O'Leary, »als ich mir selbst vor der Obduktion das gewohnte Make-up aus dem Gesicht gewaschen hatte und mir beim Blick in den Spiegel, so wie auch jeden Abend, überaus fremd erschien. Dass sich aber hinter der Fassade des indischen Prinzen jemand Anderes verbergen musste, das lag, wie gesagt, auf der

Hand. Brown, möchten Sie uns erzählen, wer Arjan Ramakrishnan war?«

Brown schaute versonnen auf die Fotografie. »Arjan Ramakrishnan war ein Aufrührer«, begann er leise. »Die Briten hätten sich niemals über so lange Zeit in Indien halten können, wenn die regionalen Herrscher, die Maharadschas, sich nicht so leicht hätten kaufen lassen. Sie liebten den Luxus, den die Kolonialherren ihnen gaben, die Pferde, das Polospiel, die Rolls-Royce-Limousinen, die westliche Kultur und den Müßiggang. Arjan Ramakrishnan dagegen war ein Mann aus dem Volk. In der Armee hat er es so weit gebracht, wie es für einen Einheimischen möglich war. Aber die Briten ließen ihn ständig spüren, dass er die falsche Rasse hatte, und trieben ihn so in die Arme der Unabhängigkeitsbewegung.

Arjan, so unscheinbar er äußerlich wirkte, war ein begnadeter Redner, der die Menge mitriss. Er mobilisierte ganze Dörfer, überredete militärische Einheiten zum Desertieren und erschütterte die Region. Er wollte ein selbstverwaltetes Indien – als ob das so einfach zu erreichen wäre! Glauben Sie mir: Wenn die Briten einfach abzögen, ginge das gesamte Land im Chaos unter. Diese Eingeborenen sind doch gar nicht in der Lage, eine tragfähige Verwaltung aufzubauen! Es ist nun einmal die Bürde des weißen Mannes, sie zu zivilisieren und zu überwachen. Arjan wollte das nicht einsehen. Aber abgesehen von seinen politischen Zielen war er ein außergewöhnlich tapferer und ehrenhafter Mann.«

»Weshalb ist er auf diesem Bild zu sehen?«, fragte O'Leary.

»Das Bild ist eine Lüge!«, rief Ramakrishnan leidenschaftlich. »Niemals wäre mein Vater mit einem Menschen wie dem Colonel auf die Jagd gegangen! Er hat nur deswegen mit den Dorfbewohnern posiert, weil er es für unauffälliger hielt als einfach zu verschwinden. Meine Mutter hat mir wieder und wieder erzählt, wie sich diese Geschichte zugetragen hat.«

»Sie haben recht«, bestätigte Brown. »Ich war dabei.«

Noch immer blickte er auf die Fotografie, als verberge sich die Wahrheit irgendwo in dem darin eingefrorenen Moment.

»Colonel Banks«, begann er schließlich, »war vollkommen besessen von der Tigerjagd. Das bleibt wohl niemandem verborgen, der sich in diesem Haus umsieht. Der Tiger war für ihn der König der Tierwelt, der einzig angemessene Gegner für einen Gentleman. Mochten sich seine Bekannten damit abgeben, Wachteln oder Kammhühner zu schießen oder mit Hundemeuten auf die Schakaljagd zu gehen – für ihn zählte das alles nicht, aus solchen billigen Vergnügungen hielt er sich heraus. Wenn er sich aber dem Tiger stellte, dann tat er es nicht aus dem sicheren Rolls-Royce heraus oder aus der Deckung eines Schießstands. Er hielt nur eine einzige Art der Tigerjagd für wahrhaft sportlich: Das Anpirschen an ein Revier, das Belauern und Belauertwerden, den Schuss im Sprung, im Augenblick des Angriffs.«

»Das ist äußerst riskant«, gab O'Leary zu bedenken. »Eine winzige Unaufmerksamkeit kann den Tod bedeuten, denn wenn man den Tiger auch nur eine Sekunde übersieht, ist es zu spät.«

»In der Tat, Sir, und genau das machte für den Colonel den Reiz der Jagd aus. Ich darf sagen, Sir, der Colonel und seine Treiber gerieten bei diesem Sport mehr als einmal in Lebensgefahr, und für einige der Eingeborenen kam tatsächlich jede Hilfe zu spät. Aber das sind die Risiken, die das Leben nun einmal so mit sich bringt.«

O'Leary sagte nichts, aber ich sah, wie er gewaltsam die Finger verschränkte, um sich von einer heftigen Reaktion auf diese Worte abzuhalten.

»An jenem Tag, Sir, wäre der Colonel beinahe verloren gewesen. Er hatte das Revier eines Weibchens ausgespäht, ohne zu bedenken, dass es gejungt haben könnte. In solchen Fällen sind die Bestien überaus angriffslustig, da sie nicht nur ihr eigenes Leben, sondern auch das ihrer Jungen verteidigen. Nun, das Weibchen sprang erheblich früher, als er erwartet hatte. Der Colonel verriss die Waffe und der Schuss verletzte das Tier nur. Es ließ sich in seiner Raserei durch die Kugel nicht aufhalten und wäre dem Colonel an die Gurgel gesprungen, wenn nicht in diesem Augenblick so schnell wie ein Schatten ein mutiger Mann dazwischen gesprungen wäre und dem Tier mit einem Talwar die Kehle aufgeschlitzt hätte. Es stürzte und begrub im Sterben den Mann unter sich. So konnte der Colonel sich für die tapfere Tat gleich revanchieren, indem er den riesigen Tiger von seinem Retter zerrte und ihm auf die Beine half. Als sie einander die Hände schüttelten, dankbar dafür, der unmittelbaren Gefahr entronnen zu sein, wussten beide nicht, dass sie ihrem Todfeind gegenüberstanden.

Beide hatten einige Kratzer davongetragen, daher führte dieser Mann den Colonel – und mich, denn ich hatte den Colonel als Bursche begleitet und alles mit angesehen – in sein Haus, um ihn von seiner Frau verbinden zu lassen.

Das Haus lag gut versteckt in einer Senke, eine halbe Meile entfernt vom nächsten Dorf. Das ließ den Colonel misstrauisch werden, denn normalerweise hockten die Dorfbewohner so eng aufeinander, dass kaum der Monsunregen zwischen ihren Hütten hindurch drang. Außerdem war da diese Frau, außergewöhnlich hübsch und hellhäutig für eine Inderin, mit einem kleinen Jungen namens Arman an der Hand. Anstatt uns demütig willkommen zu heißen, zischte sie ihrem Mann ein paar scharfe Worte zu. Er aber ließ sich nicht abhalten und bestand darauf, dass sie den Colonel verarztete und uns anschließend bewirtete. Der Colonel ordnete später an, dass er selbst, sein Retter und der Tiger mit einem der Militärfahrzeuge ins Dorf gebracht wurden, und bei dieser Gelegenheit entstand die Fotografie, die ihn als Helden der einheimischen Bevölkerung darstellen sollte.«

Brown schwieg und rieb sich unbehaglich mit der Hand über den Nacken.

Arman Ramakrishnan hatte die ganze Zeit still zugehört, den Blick auf den Boden gesenkt. Dieser Teil der Geschichte war neu für ihn und bewegte ihn zutiefst.

»Was geschah weiter?«, fragte O'Leary. Seine Stimme klang flach und kalt vor unterdrückter Wut.

»Sir, der Colonel konnte nicht anders handeln!«, rief Brown. »Er hatte einen Eid auf die britische Krone geleistet, er war als Soldat verpflichtet, die Feinde Britanniens zu bekämpfen und die Ordnung wieder herzustellen!«

»Was geschah weiter?«, wiederholte O'Leary.

»Als ...« Brown schluckte hart. Sein gelähmtes Gesicht blieb unbeweglich, aber seinen bebenden Händen sah man die Erregung an. »Als der Colonel von seinem Jagdausflug zurückgekehrt war, erhielt er die Order, Arjan Ramakrishnan aufzuspüren, tot oder lebendig. Ein Fahndungsbild war beigelegt und der Colonel erkannte seinen Retter und Gastgeber. Er zögerte keinen Augenblick. Er wusste, was er seinem Vaterland schuldig war. Er … Er schickte eine bewaffnete Einheit los, beschrieb ganz genau das Dorf und den Weg zur Hütte des Aufrührers in seinem Versteck. Das Dorf, Sir – sie leugneten, überhaupt etwas von Ramakrishnans Identität zu wissen, aber formal hatten sie einen Feind der Krone versteckt und Hochverrat begangen! Das Dorf wurde … dem Erdboden gleich gemacht, Sir. Arjan Ramakrishnan wurde fortgeschleppt, aber von seiner Frau und dem Jungen fehlte jede Spur. Vielleicht hatte sie geahnt, dass der ungebetene Gast Verderben bringen würde. Arjan schwor, dass er ihren Aufenthaltsort nicht kannte, und blieb trotz … energischer Befragung bei dieser Version. Und er schwor, dass sein Sohn ihn rächen würde. Ich sah sein Gesicht in diesem Augenblick. Seine Züge brannten sich mir ein. Ich habe sie bis heute nicht vergessen. Sein Sohn, Sir, ist ihm wie aus dem Gesicht geschnitten.«

»Meine Mutter war noch in der Nacht mit mir geflohen«, übernahm Arman jetzt die Erzählung. »Sie hatte in den Augen des Colonels Verrat gesehen, noch ehe er selbst daran dachte. Sie flüchtete direkt in die Höhle des Löwen. Aufgrund ihrer hellen Haut gelang es ihr, sich als Engländerin auszugeben, der die Papiere abhanden gekommen seien, und so ergatterte sie für uns beide einen Platz auf einem Ozeandampfer, der uns nach Liverpool brachte. Dort lebten wir in sehr schwierigen Verhältnissen. Aber meine Mutter nahm alles auf sich, um mich in Sicherheit zu wissen. Ich sollte heranwachsen, um meinen Vater zu rächen.

Von ihr habe ich gelernt, was Hass bedeutet. Und sie hat mir beigebracht, dass man den Feind am sichersten in seinem eigenen Unterschlupf stellt. Als ich erfuhr, dass der Colonel sich hier niedergelassen hatte, habe ich nur auf die Gelegenheit gewartet, mich für seinen feigen, niederträchtigen Verrat zu rächen. Zuerst kam ich hierher, um Erkundigungen einzuholen. Ich wollte wissen, wie Colonel Banks seit seiner Rückkehr aus Indien lebte. Und allem Anschein nach ging es ihm prächtig. Er erfreute sich bester Gesundheit und eines großen Vermögens, während meine Mutter, der er alles genommen hatte, in einer billigen Absteige von Husten gequält wird. Beinahe hätte ich die Beherrschung verloren und wäre direkt zum Herrenhaus gelaufen. Aber ich war sicher, man hätte mich abgewiesen oder sogar festnehmen lassen. Also wartete ich ab … wartete, bis in der Zeitung zu lesen war, dass der Colonel einige Fachleute zur Begutachtung seiner berühmten Juwelen zu sich eingeladen hätte. Ich stahl einen Bogen Briefpapier aus der Botschaft und schrieb ihm, dass Prinz Qazim aus dem Punjab zurzeit in England weile und als anerkannter Sammler ein großes Interesse an den Juwelen habe. Der Colonel erwiderte geschmeichelt, dass er sich freue, mich zu Gast zu laden. Da er selbst das heilige Gebot der Gastfreundschaft aufs Übelste entweiht hatte, plagten mich keine Skrupel, es ihm mit gleicher Münze heimzuzahlen.«

»Was sollte diese alberne Taschenspielerei auf der Terrasse?«, fragte O'Leary. »Dachten Sie, einen Mann wie den Colonel könnte man mit ein wenig gefärbtem Wasser in Angst und Schrecken versetzen?«

»Was?« Ich stand vollkommen perplex. »O'Leary, sprechen Sie von dem Menetekel, der blutroten Flüssigkeit in der Karaffe?«

Ramakrishnan lief rot an. »Ich … ich weiß nicht, was ich erwartet habe. Es war ein dummer Einfall.«

»Wie wahr!«, grollte O'Leary. »Noch dümmer war es zu erwarten, dass irgendjemand darauf hereinfallen würde. Gerade sprachen Sie davon, wie niederträchtig ein Verrat zur persönlichen Bereicherung sei, und Sie waren kurz davor, Ihr Inkognito zu lüften. Aber dann kam Mani heraus und das Gespräch wandte sich einem anderen Thema zu. Ihr Gesicht spiegelte sich in der Scheibe des Wintergartens, ich erkannte Ihren Zorn und Ihre Frustration. Deswegen haben Sie das Wasser in der Karaffe rot gefärbt, mithilfe eines schnell verflüchtigenden Farbpuders. Sie dummer Junge, wer sollte Sie nach einer solch dramatischen Aktion denn noch ernst nehmen?«

»Ich wollte den Colonel zur Rede stellen«, verteidigte sich Ramakrishnan. »Aber es bot sich keine Gelegenheit mehr, da waren die Juwelen, dann war der Colonel mit der Schatulle bereits wieder verschwunden und der Bischof drängte mir ein Gespräch über die religiösen Ansichten der Inder auf, von denen ich nicht das Geringste verstehe. Aber ich schwöre Ihnen, beim Dinner wollte ich mich zu erkennen geben und den Colonel vor allen Zeugen zum Duell fordern.«

»Aber er ließ sich entschuldigen«, warf O'Leary ein, »und brachte Sie erneut um Ihre Rache. Als Sie nach dem Dinner hinaufgingen, fiel Ihr Blick auf den Katar, der an der Wand hing. Eine indische Waffe, dem ersten Anschein nach so viel schwächer als die englischen Gewehre. Sie nahmen den Faustdolch an sich und verbargen ihn unter dem Gewand und indem Sie Ihr Zimmer erreichten, fassten Sie den Plan, den Colonel in seinen Räumen aufzusuchen und Ihre Forderung auszusprechen. Aber Sie sind kein Mann der Tat. Erst als der Morgen graute, standen Sie auf und nahmen die

Treppe nach unten. Beinahe hätte Miss Huntington Sie ertappt, nicht wahr? Sie konnten gerade noch hinter den Sari schlüpfen, von dem Miss Huntington, wie immer ein wenig in ihrer eigenen Welt, dachte, er bewege sich im Zugwind. Als sie mit Fathoms im Stall verschwunden war, überquerten Sie den Hof und stiegen zum Zimmer des Colonels hinauf. Sie hatten Erdklümpchen an den Pantoffeln, dieselbe Erde, die im Park vorkommt, und außerdem Steinchen vom Hof.«

»Ich verbarrikadierte die Eingangstür zum Trakt, um niemand Unschuldigen mit hineinzuziehen«, übernahm wieder Ramakrishnan, der zu O'Learys Ausführungen nur genickt hatte. »Als ich in der Tür stand, rief ich den Colonel an und nannte meinen Namen. Aber er rührte sich nicht. Ich ging zum Bett, um ihn zu schütteln. Aber er war eiskalt und atmete nicht mehr. In diesem Moment hörte ich Schritte auf dem Gang und flüchtete mich hinter den Vorhang. Das Zimmermädchen trat ein. Sie rief so etwas wie ‚Guten Morgen, Kara!'«

»*Cariad*«, verbesserte ich. »Liebling.«

Ramakrishnans Gesicht spiegelte eine Reihe von Empfindungen wider: Verwirrung, Verständnis und schließlich Reue.

»Ich habe ihn nicht getötet«, sagte er.

»Sie hätten Doreen den Anblick ersparen sollen«, erwiderte O'Leary mit leichtem Vorwurf.

»Und jetzt?« Der Blick des jungen Inders wanderte von einem zum anderen. »Werden Sie mich dem Constable übergeben?«

»Ich wüsste nicht, warum«, erklärte O'Leary. »Sie haben sich als indischer Prinz ausgegeben. Soviel ich weiß, ist das nicht strafbar. Ein Duell hätte der Constable natürlich unterbinden müssen, aber es kam gar nicht zur Forderung. Also kann Ihnen nichts vorgeworfen werden. Ich möchte Sie lediglich bitten, bis zur Aufklärung des Falles hierzubleiben, falls noch Fragen aufkommen, die Sie beantworten können.«

»Vielleicht kann ich das tatsächlich«, überlegte Ramakrishnan. »Einige Fragen zur Aufklärung des Falles beantworten, meine ich. Gerade eben, als Mister … Danny mich holte, war ich in der Bibliothek und habe in einer alten Schrift geblättert. Ich konnte nicht alles verstehen, aber der Text handelte von einem alten indischen Volksglauben, von einer Göttin, die man *Schönheit der Welt* nennt, und das hat mich an etwas erinnert, das Ihnen weiterhelfen könnte. Meine Mutter hat mich ein wenig Sanskrit gelehrt, außerdem stehen einige Lexika in der Bibliothek. Ich werde versuchen, es zu übersetzen.«

Er strich sein Haar glatt und setzte den Turban wieder auf. »Vorher werde ich meine Maske erneuern«, beschloss er. »Ich möchte meine Geschichte nicht vor den übrigen Gästen wiederholen müssen.«

Müde und geschlagen verließ er den Raum. Ich wandte mich O'Leary zu, um ihm zu seinen Beobachtungen und Schlussfolgerungen zu gratulieren, aber er blickte zu Brown, dem Butler, der noch immer die Fotografie betrachtete, als könne er das Geschehene nicht fassen.

»Was ist mit Ihnen, Brown?«, fragte O'Leary sanft. »Meinen Sie nicht, es sei nun endlich an der Zeit, uns zu erzählen, was Sie über diese Sache wissen?«

Der Butler presste die Lippen zusammen und schüttelte den Kopf. »Ich bin es meinem Herrn schuldig«, erklärte er.

O'Leary schüttelte mitleidig den Kopf. »Ich glaube nicht, dass seine Macht so weit reicht. Lassen Sie es mich wissen, wenn Sie Ihre Entscheidung ändern. Und nun kommen Sie, oh Danny Boy, wir sollten den Constable suchen und mit ihm einen kurzen Abstecher in die Bibliothek machen.«

6. Beichte aus dem Schützengraben

Wir fanden Constable Hartfield im Wintergarten, wo er zusammengesunken in einem Stuhl hockte und sich heftig die Schläfen rieb. »Noch nicht Mittag«, stöhnte er, »und schon so eine drückende Hitze!«

»Es wird noch übler kommen«, orakelte O'Leary gut gelaunt. »Aber vielleicht vergeht Ihre Migräne, wenn Sie nun einen Schatz heben. Ich habe bei der Obduktion gesagt, dass ich den einzigen logischen Ort zur Aufbewahrung der Schatulle kenne. Jetzt ist es wohl an der Zeit, dass wir nach ihr sehen. Ich möchte Sie um absolutes Stillschweigen bitten, denn nach wie vor können wir nur hoffen, dass derjenige, der möglicherweise den Colonel auf dem Gewissen hat, sich nicht vom Anwesen entfernt, solange er nicht an die Juwelen gelangt ist. Auch Rhosyn, falls es sich nicht um ein und denselben handelt, wird nur von den Edelsteinen hiergehalten, sie sind mein einziger Köder. Also, Gentlemen, folgen Sie mir unauffällig!«

Mit weiten, ausgreifenden Schritten eilte er uns voraus zur Bibliothek. Der Constable und ich liefen hinter ihm her wie aufgeschreckte Entenküken, die sich verzweifelt bemühen, unter das

Federkleid der Mutter zu schlüpfen. Zu unserem Glück war die Eingangshalle leer, sodass wir die Bibliothek dennoch erreichten, ohne Aufsehen zu erregen.

O'Leary winkte uns mit großer Geste durch die Tür, schloss sie hinter uns und legte umständlich den Riegel vor. Er liebte solche Auftritte. Dass er dabei diesmal auf ein großes Publikum verzichten musste, ertrug er leichten Herzens, da er sicher war, diese Szene noch einmal vor der gesamten Gesellschaft wiederholen zu können.

»Gewiss haben Sie bemerkt, oh Danny Boy«, dozierte er, während er auf den abenteuerlich hohen Absätzen über die Teppiche stakste, »dass sich in diesem Raum ein Tresor befindet.«

Er machte eine Kunstpause, um Constable Hartfield und mir die Gelegenheit zu geben, töricht in die Runde zu schauen.

»Warm … kälter … ganz kalt! Versuchen Sie es noch einmal. Der Tresor ist hinter einem Bild versteckt, nur ist das Bild leider nicht groß genug. Wenn Sie genau hinschauen, bemerken Sie einen Schatten am unteren Bildrand.«

Ich ließ meine Augen an der Wand entlangwandern. Tatsächlich, nun fiel es mir auf: Über dem Kamin hing eine der allgegenwärtigen Jagdszenen in Öl. Diese zeigte eine Hundemeute, die mit gefletschten Zähnen und hochgezogenen Lefzen an den Flanken eines Tigers hing, während die Jäger abseits standen, die Gewehre im Anschlag. Sie war noch geschmackloser als die anderen, sowohl in der Darstellung der Tiere als auch in dem dümmlichen Ausdruck der hehren Jägersmänner, sodass mein Blick daran vorbeigeglitten war. Unterhalb des überladenen, vergoldeten Rahmens glänzte etwas, blank, stählern und vollkommen schmucklos.

O'Leary war meinem Blick gefolgt und nickte beifällig.

»Räumen Sie den Kitsch beiseite, oh Danny Boy.«

Nur zu gern folgte ich seiner Anweisung. Der Rahmen war überraschend schwer, aber es gelang mir, ihn sanft neben dem Feuerholz abzustellen. Dahinter war ein Tresor in die Wand eingelassen, den eine nahtlose Stahlplatte deckte. Die einzige Unterbrechung in dieser blanken Fläche war ein kleines, vollkommen rundes Schlüsselloch.

»Und wo verwahrt man einen Schlüssel?«, fragte O'Leary, der jetzt voll in Fahrt war und auf seinen Triumph zusteuerte. »Die meisten Menschen sind so ungeheuer fantasielos. Sie verwahren ihre Schlüssel an einem Haken im Kamin.«

Er bückte sich von der Höhe seiner Absätze hinunter und streckte den Arm aus. Es klingelte leise.

»Ah, hab ich dich! Constable Hartfield, wären Sie als Vertreter des Gesetzes wohl so gut, den Tresor zu öffnen?«

»Wenn Sie meinen, Sir«, erwiderte der Constable, der sich sichtlich unwohl in seiner Haut fühlte. »Sollte bei so einer Angelegenheit nicht ein Notar anwesend sein?«

»Für die offizielle Öffnung, sicher«, räumte O'Leary sorglos ein. »Aber wir wollen doch sozusagen nur einen kurzen Blick darauf werfen. Danach legen wir alles wieder zurück und versiegeln die Tür, einverstanden?«

Constable Hartfield biss sich auf die Lippen. »Also gut, Sir. Auf Ihre Verantwortung.«

Er steckte den Schlüssel hinein und drehte ihn anderthalb Mal bis zum Anschlag. Die Tür schwang geräuschlos auf.

O'Leary wurde blass bis an die Haarspitzen.

»Das … das ist nicht möglich! Daniel, zwicken Sie mich, das muss ein böser Traum sein!«

Ich spähte über seine Schulter. Der Tresor war leer. Mehr noch, das glänzende Innere legte den Schluss nahe, dass dort niemals irgendetwas verwahrt worden war.

»Da ist nichts drin«, brummte der Constable und rieb wieder seine Schläfen.

»Ja, das sehe ich!« O'Leary war nun gereizt wie ein ausgehungerter Panther. »Dieser misstrauische, bockbeinige, kulturlose Militärhengst! Wozu lässt er sich einen Tresor einbauen, wenn er nichts darin verwahrt? Bei allen Göttern Indiens, *wo* verwahrt er denn dann seine Schätze? Sie sind hier irgendwo in der Bibliothek. So viele Möglichkeiten gibt es doch gar nicht!«

Er stiefelte zornig auf und ab.

»Oh Danny Boy, schließen Sie wieder ab und hängen Sie den alten Schinken darüber!«

Wenn er in dieser Stimmung war, konnte man nicht diskutieren. So schnell ich konnte, schloss ich den Tresor wieder und griff nach dem Ölbild. Aber ich bekam den Rahmen nicht sicher zu fassen. Meine Finger glitten ab, das Bild fiel mir aus den Händen und das vergoldete Ungetüm von einem Rahmen zerschellte am Kamin in hundert Stücke.

Ich stand perplex und starrte auf die geborstenen Leisten. O'Leary dagegen schien angesichts des Unglücks seine gute Laune wiedergewonnen zu haben.

»Immerhin: ein Sieg für den guten Geschmack«, erklärte er. »Aber was ist das? Da steckt ein Umschlag.«

Constable Hartfield bückte sich und klaubte die große, braune Umschlagtasche auf, die zwischen den Trümmern lag.

»Nach meinem Tode ungelesen einem Militärgericht auszuhändigen«, las er. »Das ist die Handschrift des Colonels, sie stimmt mit der auf den Papieren dort neben dem Schreibtisch überein. Wir sollten ...«

»Nein!« Mit einem schnellen Griff hatte O'Leary den Umschlag an sich genommen und schlitzte ihn mit dem Finger auf. »Dies ist eine Untersuchung in einem Mordfall, da kann jedes Schriftstück von Bedeutung sein. Keine Sorge, Constable, ich werfe nur rasch einen Blick darauf. Außerdem sind Sie als Vertreter des Gesetzes anwesend, das wird bestimmt auch ein Notar anerkennen. Oh Danny Boy, lesen Sie das vor. Ich glaube, es könnte sogar von immenser Bedeutung sein.«

Ich nahm den kleinen Stapel eng beschriebener Seiten und ließ mich seufzend in einen der Sessel am Kamin sinken. Was mochte sich wohl in den Unterlagen verbergen? Liegenschaftsberichte, endlose Kosten-Nutzen-Aufstellungen oder, noch schlimmer, irgendwelche militärischen Strategien für den Verteidigungsfall?

»Lebensbeichte«, las ich zu meiner Überraschung. »Eine kurze Darstellung meiner bisherigen militärischen und privaten Laufbahn, verfasst ohne Zwang und freiwillig Colonel Banks zur Verfügung gestellt, von mir, Wilhelm Otto Riemann.« Ich stockte. »O'Leary, wer ist dieser Riemann? Warum waren die Papiere für den Colonel so wichtig, dass er sie versteckt hat?«

»Lesen Sie, oh Danny Boy«, murmelte O'Leary. Er hatte in dem Sessel mir gegenüber Platz genommen, die Beine lang ausgestreckt und die Augen geschlossen.

»Ich wurde im Jahre 1879 in einem kleinen Dorf in der Nähe von Wilhelmshaven im Deutschen Reich geboren, als einziger Sohn des Leutnants der Reserve, Otto Hubert Riemann, und seiner Frau Gertrud. Nach dem frühen Tod meiner Mutter verlor ich das schulische Interesse, trieb mich herum und war nur allzu froh als mein Vater, der an meinem Ungehorsam schier verzweifelte, mir über Empfehlungsschreiben den Eintritt in die Kadettenanstalt zu Plön ermöglichte. Dort lernte ich beim Exerzieren, bei Felddienstübungen und auf langen Märschen die Pflichterfüllung, im Arrest Gehorsam und Disziplin. Im Alter von noch nicht zwanzig Jahren war ich ein guter Soldat und ein hervorragender Schütze, dem nur die Möglichkeit fehlte, sich selbst zu beweisen. Wir alle, glaube ich, warteten auf eine solche Möglichkeit. Wir hatten den Krieg gelernt wie ein Handwerk und nun wurden wir von internationalen Verträgen daran gehindert, unsere Meisterprüfung abzulegen. Das Deutsche Reich stand eingekreist und isoliert, und wir, dazu ausgebildet, es erstarken und blühen zu lassen, rieben uns auf in sinnloser bürokratischer Arbeit. Die Gescheiten lernten in ihrer freien Zeit Sprachen. So erwarb ich mein tadelloses Englisch.

Der Kriegsausbruch, das werden Sie verstehen, kam über uns wie eine Erlösung. Ich war in Berlin an diesem 1. August und wartete mit tausend anderen auf neue Nachrichten. Als am Abend Seine Majestät der Kaiser zu uns sprach und wünschte, dass unser gutes deutsches Schwert siegreich aus dem bevorstehenden Kampf hervorgehen möge, sangen und jubelten wir alle und die Glocken des Doms stimmten in unseren Choral ein. Bereits am übernächsten Tag wurde ich als Leutnant an die Westfront einberufen. Ich machte auf dem Weg dorthin in Wilhelmshaven Station und ich glaube, dies war das erste Mal, dass mein Vater uneingeschränkt stolz auf mich war. Einzig das Verhalten meiner Braut (denn ich hatte erst vor zu heiraten, nachdem ich mir die Sporen verdient hatte) trübte meine glückselige Stimmung. Henriette hatte Verwandte in Belgien, die ihr nahe genug standen, um sie in ihrer Loyalität gegenüber ihrem Vaterland wanken zu lassen. Ich nahm daher sehr schroff meinen Abschied von ihr und sprach Worte, die ich heute bereue.

Wir marschierten in Belgien ein, in Scharen, wie die Heuschrecken, in endlosen Kolonnen von Infanterie, Artillerie, Lastkraftwagen und Fuhrwerken. Wir hatten dem Kaiser geschworen, nicht eher anzuhalten, als bis wir vor Paris stünden, und das, so glaubten wir, könne nur einige Wochen dauern. Doch wie heute jeder weiß, blieben wir im Schlamm stecken, nur zweihundertvierzig Kilometer vor unserem Ziel.

Wir gruben uns ein. Um unsere Köpfe pfiffen Kugeln. Granaten schlugen ein. Es roch nach Feuer, nach Regen, später nach Verwesung. Einem explodierte ein Schrapnell genau ins Gesicht. Andere lagen, das Gewehr noch im Anschlag, tot im Graben. Mit dem Tod kamen die Ratten, riesige Tiere, wie ich sie nie zuvor gesehen hatte. Wir machten einen Ausfall und zogen uns wieder zurück, immer das gleiche vernarbte Stück Erde wurde wieder und wieder erobert und verloren, bis wir blind waren von dem Feuer und den aufspritzenden Steinen und Erdklümpchen. Wir rückten auf der Landkarte hin und her wie Figuren auf einem Brettspiel, vor und zurück, ohne Sinn.

Am 25. September 1915 schließlich war mein Regiment in der Champagne. Es stellte sich heraus, dass dies ein schlechter Tag war, um sich dort aufzuhalten, denn die Briten starteten eine Giftgasattacke, die mir das Gesicht verätzte. Ich kam ins Lazarett, zuerst nach Lille und dann, wie durch eine wundersame Fügung, nach Wilhelmshaven, um mich auszukurieren.

Henriette frohlockte, als sie mich dort besuchte. Sie glaubte, mir sei der Kampfgeist endgültig ausgetrieben worden, sie sah mich schon als Zivilisten an ihrer Seite, in einem hübschen, kleinen Häuschen, mit gebürstetem Sonntagsanzug auf dem Weg zur Kirche. Sie hatte nichts verstanden. An diesem Tag kam mir der Gedanke, noch einmal neu und frisch zu beginnen und meine Vergangenheit einfach auszustreichen.

Der Kamerad auf der Pritsche neben mir hatte die Einberufung nach Übersee in der Tasche, er war auf dem Weg zum Truppentransportschiff, als ihn eine Typhus-Attacke niederwarf. Sein Name war Hermann Haberer, und dass ich mich an diesen Namen erinnere, hat keinen anderen Grund als den, dass es der meine wurde. Er hatte ungefähr meine Statur und als er am Fieber starb, wuchtete ich ihn heimlich auf meine Pritsche, zog mir seine Uniform über, nahm seine Papiere und seine Blechmarke an mich und begab mich zum Hafen. Ich setzte richtig darauf, dass in dem allgemeinen Durcheinander keine ausführliche Identifizierung stattfinden würde, ein Toter lag in meinem Bett, das daneben war verlassen – wen kümmerte es schon zu diesem Zeitpunkt? Da mein Gesicht noch bepflastert war, sah ich dem Passbild ähnlich genug und schiffte mich im März 1916 in Richtung Sudi-Bucht in Deutsch-Ostafrika ein. Ein Hilfsschiff transportiert keine Truppen, sondern lediglich Proviant, Waffen und Hilfsmittel, aber da ich glaubhaft erklärte, meinen Transport aufgrund der Typhuser krankung verpasst zu haben, machte der Kapitän Conrad Sörensen eine Ausnahme und ließ mich an Bord. Obwohl an der See aufgewachsen, hatte ich noch nie Wasser unter den Füßen gehabt. Die Seekrankheit erwischte mich mit voller Kraft, ich lag von Übelkeit geschüttelt unter Deck, vom Tag der Abreise an bis zu dem Moment als wir anlegten. Abgezehrt, wie ich aussah, war die gerade überstandene Typhuserkrankung mehr als glaubwürdig. Ich wurde in der Deutschen Schutztruppe unter dem Kommando von General Paul von Lettow-Vorbeck eingesetzt.

Wir waren nur etwa dreitausend weiße Soldaten. Dazu kamen etwa zwölftausend einheimische Söldner, die Askari. Und damit sollten wir gegen dreihunderttausend Feinde bestehen, Briten, Südafrikaner, Belgier aus dem Kongo, ja, sogar die indischen Heere, die in Scharen gegen uns ins Feld geführt wurden.

Der General setzte auf Guerillataktik. Wir legten Hinterhalte, sprengten Gleise, kappten Telefonleitungen. Wo immer wir auf ein Dorf trafen, rekrutierten wir die Einwohner als Hilfstruppen. Sie schleppten unser Kriegsmaterial und zündeten unsere Sprengsätze und sie starben wie die Fliegen. Es gab Sprengpatrouillen, Schleichpatrouillen, Kampfpatrouillen. Wir krochen durch den Dreck, ernährten uns von Nilpferdfleisch. Fast alle litten unter Malaria.

Im November 1917 war das Ende abzusehen. Obwohl General von Lettow-Vorbeck uns mit äußerster Gnadenlosigkeit im Kampf verheizte, mussten wir uns nach großen Verlusten ins portugiesische Mosambik zurückziehen. Die alliierten Truppen setzten uns nach.

In dieser äußersten Not kam mir erneut der Gedanke, meine Identität zu wechseln. Nach einem Scharmützel blieb ich versteckt

zurück, bis meine Kameraden außer Sicht waren. Einer der ge-
fallenen Engländer hatte etwa meine Statur und mein Alter. Ich
nahm ihm die Uniform und die Papiere ab, quetschte ihn in meine
eigenen Sachen und schoss ihm zur Sicherheit noch einmal ins
Gesicht, um ihn unkenntlich zu machen. Dann schlug ich mich
auf Schleichwegen quer durch Mosambik zur Indian Army durch,
in der Hoffnung, dass dort weder meine Person bekannt war noch
die, deren Identität ich jetzt übernommen hatte, Corporal Frederic
Brown.«

O'Leary pfiff durch die Zähne. »Jetzt ist die Katze aus dem
Sack!«

»Brown?«, fragte ich, unfähig, das Gelesene zu begreifen. »Der
Butler?«

»Dass an diesem urenglischen Butler etwas nicht stimmte«, erläuterte O'Leary, »war mir schon klar, als ich seine Gesichtsläh-
mung bemerkte. Weder in Indien noch in Ostafrika, den beiden
Einsatzorten der Indian Army, wurde während des Krieges Giftgas
eingesetzt, also musste dieser Mann zu irgendeinem Zeitpunkt in
Europa in einem Schützengraben gesessen haben. Aber wie ist er in
die Fänge des Colonels geraten?«

Ich wandte mich wieder den Unterlagen zu. Nun war es nur
noch eine Seite.

»So landete ich schließlich bei der Einheit von Colonel Banks,
wo ich wahrheitsgemäß erklärte, den Anschluss an meine Kameraden verloren zu haben. Der Colonel setzte mich als Ordonnanz
ein. Mein ausgezeichnetes Englisch kam mir dabei zupass, aber ich
beherrschte naturgemäß nur das King's English, das ich daheim
gelernt hatte, und keinerlei Dialekte der Straße oder Slangs der

Einheiten. Meine Kameraden verspotteten mich daraufhin als *kleinen Lord*, der Colonel aber wurde misstrauisch.

Eines Nachts durchsuchte er meine Sachen und fand dabei ein Bild meiner Verlobten Henriette, von dem ich mich nicht hatte trennen können. Als Widmung stand in deutscher Sprache darauf: *Meinem lieben Willi.* Außerdem steckte dort noch die Blechmarke des Hermann Haberers, die ich weiß Gott aus welchem Grunde behalten hatte – vielleicht, damit ich mich im Falle, dass das Blatt sich wenden sollte, vor von Lettow-Vorbeck als Spion für das Deutsche Reich hätte ausgeben können. So wurde mir beides zum Verhängnis.

Colonel Banks zog seine Schlüsse und konfrontierte mich mit den Fundstücken. Er drohte mir, mich entweder als Deserteur bei den Deutschen oder als Deutschen bei den Briten zu melden. In beiden Fällen wäre ich erschossen worden. Als ich unter Tränen und auf Knien um Gnade bat, bot er mir an, als Bursche bei ihm zu bleiben. Sollte ich es jemals an Treue oder Loyalität fehlen lassen oder sollte er, wie auch immer, zu Tode kommen, so würden diese Beweisstücke an ein Militärgericht gehen, zusammen mit dieser Lebensbeichte, die ich kurz darauf in seinem Beisein geschrieben habe. Gegeben den ...«

Ich ließ die Blätter sinken. Nun hielt ich nur noch eine Fotografie und eine Blechmarke in der Hand. Das Bild zeigte ein hübsches junges Mädchen mit aufgestecktem, hellem Haar, den Blick schüchtern gesenkt.

»Ein Deutscher«, sagte ich erbittert. »Und auch noch ein Deserteur. Wir sollten dem Willen des Colonels entsprechen und die Unterlagen dem Militärgericht übersenden.«

O'Leary wirkte nachdenklich. »Stellen Sie sich vor, oh Danny Boy«, murmelte er sanft und wie von weit her, »wie er seit Jahren in der Angst lebt, bei seinem richtigen Namen gerufen zu werden.«

»Es wäre nur zu verständlich«, warf ich ein, »wenn er in dieser bedrückenden Situation keinen anderen Ausweg mehr wusste, als den Colonel zu töten. Er ist Soldat und schreckt daher vor einer solchen Tat nicht zurück. Und ihm stehen viele Mittel zur Verfügung, seine Tat auszuführen. Er musste nur warten, bis der Colonel Gäste im Haus hatte, um von sich abzulenken. Er war der Letzte, der den Colonel lebend gesehen hat, vergessen Sie das nicht! Und auch den Bericht, dass der Colonel guter Dinge und fast ein wenig aufgekratzt gewesen sei, haben wir nur von ihm. Vielleicht hat Brown den Colonel hinterrücks erstochen, an einer Stelle, die bei der Obduktion übersehen wurde. Vielleicht hat er dem Colonel Gift in den Sherry geschüttet – einem Deutschen ist alles zuzutrauen.«

»Aber Daniel!«, unterbrach O'Leary schockiert. »Nicht alle Deutschen sind Monster! Denken Sie doch an Händel, Buxtehude, Telemann, an die großen Romantiker Schubert, Schumann, Mendelssohn-Bartholdy.«

»Erstens Musiker, zweitens schon lange tot«, brummte ich. »Lebenden deutschen Soldaten jedenfalls ist alles zuzutrauen.«

»Haben Sie bemerkt, wie er vor Angst fast die Besinnung verlor, als er von dem Tod des Colonels erfuhr?«, fragte O'Leary.

Ich erinnerte mich. Brown war aschfahl geworden und hatte sich am Türsturz festgeklammert, um nicht zusammenzubrechen.

»Bestimmt hat der Colonel ihm genüsslich vorgelesen, was er auf dem Umschlag vermerkt hatte, bevor er diese Papiere an einem sicheren Ort versteckte. Werfen Sie die Sachen in den Kamin und halten Sie ein Zündholz daran. Was auch immer sich Herr Riemann hat zu Schulden kommen lassen, nichts davon ist so verwerflich wie eine Erpressung. Durch die Jahre in den Diensten des Colonels hat er genug Buße getan und vielleicht findet er angesichts der Asche genügend Mut, um uns darüber aufzuklären, welches Geheimnis hinter dieser undurchsichtigen Geschichte steckt.«

Constable Hartfield streckte die Hand nach den Unterlagen aus. »Mister O'Leary, Sir, handelt es sich denn nicht um Beweismaterial? Dem Militärgericht würde ich es auch nicht aushändigen wollen, aber ich denke, der Inspector will es sehen.«

O'Leary seufzte. »Ohne diese Papiere ist Brown einfach nur ein loyaler Butler seines Herrn. Vielleicht wird er, auch wenn kein Testament vorliegt, mit einer kleinen Summe bedacht. Damit könnte er nach Hause zurückkehren. Vielleicht sind Henriettes Gefühle in all den Jahren nicht vollständig erloschen und vielleicht würde Herr Riemann inzwischen doch gern ein Häuschen haben und sonntags im guten Anzug zur Kirche gehen. Hartfield, geben Sie Ihrem Herzen einen Stoß! Wir sind nicht gekommen, die Überlebenden zu richten.«

Als sei dies ein Stichwort gewesen, schwang die Tür auf und der Bischof kam herein. O'Leary machte eine beschwörende Geste und legte den Finger auf die Lippen. Wir rutschten tief in unsere Sessel, um nicht sofort gesehen zu werden, und beobachteten um die Sessellehnen herum, was der brave Gottesmann vorhatte.

Er blieb auf der Schwelle stehen und blickte sich um. Während seine Finger ungeduldig auf seinen Wanst klopften, huschte der Blick seiner wässrigen Augen schneller als eine Maus über die Regale, Bilder und Sitzgelegenheiten, verweilte für einen Moment verwirrt auf den Trümmern des Bilderrahmens, bis er schließlich auf dem ausgestopften Tiger zur Ruhe kam.

»Ich war ein Idiot«, stöhnte O'Leary pianissimo.

Sein Atem ging schneller, seine Muskeln spannten sich. In dem schwarzen Hemd, der schwarzen Hose und dem funkelnden, grünen Jackett sah er aus wie ein Panther in der Krone eines exotischen Baums. Behutsam und ohne den Blick von dem Bischof zu nehmen, streifte er die Ringe von seinen Fingern. Als sie in den Sessel fielen, gab es ein klingelndes Geräusch, nicht lauter als der Ruf eines Kolibris, aber es genügte, um die Aufmerksamkeit seiner Beute zu wecken. Bischof Cassock zuckte zusammen und kam vorsichtig näher.

O'Leary stieß sich geschmeidig von der Sitzfläche ab, setzte über die Armlehne und kam unmittelbar vor dem Bischof auf die Füße, den er wegen der hohen Absätze um Haupteslänge überragte.

»Suchen Sie auch nach etwas Lektüre, um sich die Zeit bis zum Lunch zu vertreiben?«, fragte er arglos.

Aber er hatte es mit einem würdigen Gegner zu tun. Der Bischof brauchte nur einen Moment, um sich zu fangen.

»Gewiss«, erwiderte er und sein Kirchenbass dröhnte sonorer denn je. »Vor allem aber dachte ich daran, mich nach dem Testament unseres lieben Verblichenen umzuschauen. Von Brown habe ich gehört, dass es wohl keine Angehörigen zu … trösten gibt, das beruhigt mich. Aber was wird dann mit diesem Anwesen geschehen? Es war doch sicher nicht die Eingebung eines Augenblicks, dass Colonel Banks gerade mich, den bescheidenen Diener eines größeren Herrn, zu sich beordert hat, so kurz vor seinem Ableben.«

»Als der Colonel Sie einlud, wusste er noch nichts von seinem bevorstehenden Tod«, erinnerte ich, indem ich mich aufrichtete und im Sessel bemerkbar machte.

Diesmal zuckte der Bischof nicht einmal mit der Wimper.

»Habe ich eine Versammlung unterbrochen?«, fragte er ölig.

Puterrot tauchte nun auch Constable Hartfields Kopf über der Sessellehne auf.

»Nun, vielleicht wusste der Colonel nichts von seinem nahenden Ableben«, fuhr der Bischof fort, »aber dem Herrn sind alle Wege offenbar. Kann es bloßer Zufall sein, dass er meine Schritte gerade zu diesem Zeitpunkt hierher lenkte? Außerdem hatte der Colonel die Absicht kundgetan, mich vor meiner Abreise unter vier Augen zu sprechen. Was kann er im Sinn gehabt haben, wenn nicht, nun, am Ende seines bewegten Erdenlebens, in den Schoß der Kirche zurückzukehren? Was, frage ich Sie, hätte wohl näher gelegen, als seine vergangenen Sünden zu bereuen und durch eine großzügige Spende an die Kirche wiedergutzumachen?«

»Das wäre sicherlich eine mögliche Erwägung«, stimmte O'Leary zu, während er Stück für Stück seine Ringe aus den Polstern pickte und sie wieder anlegte. »Allerdings fällt mir noch ein halbes Dutzend anderer Themen für ein solches Gespräch ein. Möglicherweise suchte der Colonel einen neutralen Vermittler in einem Weidestreit? Oder er wollte gewisse Unterlagen sicher deponieren? Was weiß ich, vielleicht wollte er sogar heiraten? – Nun, wir werden es nie erfahren.«

Aber so leicht ließ sich der Bischof nicht aus dem Rennen werfen. »Immerhin«, beharrte er, »eine Möglichkeit besteht doch sicher darin, dass er seinen Besitz zu allgemeinem Nutz und Frommen hinterlassen wollte. Ich könnte mir diese Räume wunderbar für kirchliche Tagungen und Seminare vorstellen. Durch einen kleinen Umbau, den man sicherlich durch den Verkauf von ein paar Sammelobjekten finanzieren könnte, wäre auch eine Nutzung als Gästehaus möglich. Ja, man könnte sogar ein gutes Werk tun und die Dienerschaft als Verwalter behalten – oder zumindest den Butler und die Haushälterin. Die Jungen werden bestimmt etwas Angemesseneres finden.«

O'Leary zog die Brauen hoch. »Verteilen Sie da nicht das Fell des Bären, bevor Sie den Bären haben? Wenn kein Testament vorhanden ist, fällt dieses Anwesen nicht automatisch in den Schoß der Kirche. Möglicherweise besteht eine Pacht, dann würde es dem Land gehören. Oder es findet sich doch noch ein Blutsverwandter.«

Der Bischof besaß nicht einmal den Anstand, rot zu werden. »Dann aber die Schatulle mit den Juwelen«, schacherte er. »Sie stammen aus einem Tempel, mithin einer kirchlichen Institution – wenn auch keiner christlichen. Es soll doch sicherlich eine kirchliche Beerdigung stattfinden. Dann sind die Kosten für das Grab zu berücksichtigen, die Messen, die für das Seelenheil des Verblichenen gelesen werden sollen, die Kerzen, die Kosten für Weihrauch. Summa summarum entspräche das dem Gegenwert der Edelsteine, die mir der Colonel gestern Abend gezeigt hat. Man könnte sie für ein Altarkreuz verwenden.«

»Wir werden«, sagte O'Leary, indem er sich an den Constable wandte, »die Bibliothek bis zum Eintreffen des Detective Inspectors versiegeln, damit niemand – Sie natürlich ausgeschlossen, Eminenz, denn Sie stehen ja im Dienst der Kirche und sind über jeden

Verdacht erhaben – auf krumme Gedanken kommt. Es besteht außerdem die Gefahr, dass Rhosyn, der berüchtigte Juwelendieb, noch immer darauf aus ist, die Schatulle an sich zu bringen. Am besten wird es also sein, wenn niemand – ich wiederhole: niemand – diese Bibliothek mehr betritt. Kommen Sie, Eminenz, wir werden mit gutem Beispiel vorangehen und diesen Raum verlassen. Oh Danny Boy, Constable Hartfield – ich verlasse mich auf Sie!«

Damit hakte er den Bischof unter und zog ihn mit sich zurück in die Halle. Die Tür schlug ins Schloss.

»Ja«, begann der Constable zögernd, »dann werden wir ...«

»Zunächst werden wir diese Lebensbeichte verbrennen", erklärte ich, während ich im Kamin zur Tat schritt. „Dann werden wir nachschauen, ob der Bischof auf der richtigen Spur war. O'Leary betonte, dass er sich auf uns verlässt, sprich: dass wir zu Ende führen, was wir mit ihm begonnen haben. Kommen Sie, wir wollen uns diesen Tiger einmal von Nahem ansehen.«

Das Tier war ungewöhnlich lebensecht gestaltet, sowohl im Aussehen als auch in der Haltung. Die Augen hatten nicht den toten Ausdruck, den Glasstücke oft hervorrufen, sondern sie funkelten lebendig und überaus gefährlich. Die Lefzen waren zurückgezogen, sodass man die säbelscharfen Eckzähne sehen konnte. Die mächtigen Vorderpranken waren zum Sprung erhoben, die Krallen bedrohlich ausgefahren. Über der ganzen Figur hing eine fast greifbare Spannung, das Fell schien zu knistern, der Schwanz zu beben.

Ich näherte mich in unbewusst geduckter Haltung, zu scheu, um die Hand nach ihm auszustrecken. Constable Hartfield schien gegen die beängstigende Ausstrahlung des Tigers vollkommen immun zu sein.

»Wo, meinen Sie, ist die Schatulle wohl versteckt?«, fragte er, trat auf den Podest und packte den Tiger bei den Barthaaren. »Wir werden doch hoffentlich nichts zerstören müssen?«

»Keineswegs«, murmelte ich zerstreut. »Der Colonel hat die Schatulle doch auch gestern von hier geholt und dabei den Tiger nicht beschädigt.«

»Wenn es so einfach ist, müssten wir den Hohlraum doch sehen können ...«, sinnierte der Constable. Er ging einmal um den Tiger herum, zog an seinem Schwanz, bewegte die Vorderpranken auf und ab und legte den Finger auf die glänzenden Augen.

»Andererseits darf sich das Fach nicht schon beim Abstauben öffnen«, fuhr er dabei fort, »sonst wäre es nicht so lang geheim geblieben. Vielleicht steckt die Schatulle gar nicht im Tiger, sondern im Podest!«

Er ließ sich auf Hände und Knie fallen und krabbelte noch einmal um den Tiger herum und unter ihm hindurch.

«Ha!«, rief er plötzlich. »Wenn man weiß, was man sucht, ist es ganz einfach. Danny Boy, geben Sie mir den Brieföffner vom Kaminsims!«

Meine Spannung war so ins Unermessliche gestiegen, dass ich die Anrede überhörte und dem Constable ohne ein Wort das Gewünschte gab.

»Und ... zack!«, rief er. Direkt unter den Tigerpranken schloss ein Bodenbrett des Podestes nicht nahtlos an die anderen an. Hartfield hatte den Brieföffner in die Ritze geschoben, sein Handgelenk als Hebel benutzt und das Brett hochgeschleudert. Darunter wurde eine Nische sichtbar, gerade groß genug für einen kleinen

Kasten. Er versenkte beide Hände darin und holte triumphierend die Schatulle hervor.

»Großartig!«, rief ich hingerissen. »Geben Sie mir das Kästchen, ich glaube, ich kann mich erinnern, wie man es öffnet.«

Constable Hartfield zögerte, wenn auch nur für einen Moment.

»Ich möchte nachschauen, ob noch alles an Ort und Stelle ist«, erklärte ich. »Nur ein Blick. Ich verspreche, dass ich nichts anfasse.«

»In Ordnung«, lenkte der Constable ein. »Aber lassen Sie mich zuerst die Fingerabdrücke am Verschluss sichern. Ich habe meine Ausrüstung dabei – sie ist nagelneu, sehen Sie? Ich wollte schon immer ausprobieren, ob sie funktioniert.«

Behutsam streute er ein dunkles Pulver auf den Verschluss und die Seiten der Schatulle. Dann klebte er einen Streifen darüber und zog das Pulver damit ab.

»Daumen, Zeigefinger und die Fingerkuppen der anderen Hand«, erklärte er zufrieden. »Vermutlich sind sie vom Colonel, aber man kann ja nie sicher sein. Warten Sie, ich wische es schnell mit meinem Taschentuch sauber, damit Sie sich die Finger nicht schwarz machen. Was ist das hier für ein rötlicher Fleck?«

»Der Colonel hat sich beim Öffnen den Finger verletzt«, erwiderte ich und in diesem Moment fiel es mir siedend heiß ein. »Doctor Northcombe wollte die Schatulle untersuchen, wegen der Todesursache.«

»Ich bringe ihm gleich das Taschentuch vorbei«, versprach der Constable. »Nun ist das Kind schon in den Brunnen gefallen, dann können Sie die Schatulle genauso gut öffnen.«

Behutsam legte ich meine Finger in die beiden Mulden hinter den Augen der Schlange. Beinahe hätte ich meine Hand entsetzt wieder weggezogen, denn anstatt einer glatten, kühlen Holzmaserung glaubte ich die trockenen Schuppen einer Schlangenhaut zu fühlen. Der Kasten vibrierte, als sich der Verschluss öffnete, und meiner ohnehin überreizten Fantasie kam es vor, als recke die Schlange den Kopf empor.

Es knackte, es gab einen kleinen Ruck. Der Deckel ließ sich abheben.

Ich drehte das Kästchen um und sah hinein. Da lag das Diadem, darunter erspähte ich den Anhänger mit dem Diamanten. Der Schmuckdolch lag zuunterst.

»Wo ist der Smaragd?«, fragte ich beunruhigt.

»Welcher Smaragd?«

»Das Prunkstück der Sammlung, ein absolut bemerkenswerter Stein. Diese Schmuckstücke sind grandios, aber gegen den Smaragd sind sie nur Talmi. Es kann nicht sein, dass er fort ist! Schauen Sie noch einmal in das Versteck! Liegt dort noch irgendwo ein Päckchen?«

Constable Hartfield, von meiner Unruhe angesteckt, ließ sich noch einmal auf Hände und Knie nieder.

»Nichts«, verkündete er. »Außer der Schatulle ist hier nichts. Kann der Stein herausgefallen sein? Der Colonel fühlte sich krank.«

»Er hat den Smaragd vor unseren Augen wieder in die Schatulle gelegt, sie geschlossen und hineingetragen«, sagte ich. »So ein Stein rutscht auch nicht einfach unbemerkt vom Tisch und verschwindet unter dem Teppich.«

Mir brach der Schweiß aus, ich konnte meine Erregung und Verzweiflung kaum unterdrücken.

»Er muss hier irgendwo sein!«, rief ich. »Von mir aus können wir die gesamte Bibliothek Stück für Stück abtragen, aber wir müssen ihn wiederfinden!«

Der Constable schaute mich prüfend an. »Geht es Ihnen gut? Kommen Sie, wir schließen die Schatulle wieder ab und legen sie zurück. O'Leary wird sicher wissen, wo sich dieser Smaragd befinden könnte. Wir sollten ihn suchen.«

Ich nickte beklommen. Mit so einer Nachricht wollte ich nicht zu O'Leary gehen müssen.

»Na, kommen Sie!«, rief der Constable, froh, sich nicht mehr auf illegalem Grund bewegen zu müssen. »Helfen Sie mir, die Tür zu versiegeln, wie wir es verabredet hatten.«

Gerade waren wir fertig geworden und wollten O'Leary an seinem Stützpunkt im Salon aufsuchen, da hörten wir schnelle, stolpernde Schritte in der Halle.

»Mister O'Leary, Sir!«, rief Fathoms, die Stimme heiser vor Entsetzen. »Mister O'Leary, kommen Sie schnell! Mister Brown ist – oh Gott! Bitte kommen Sie doch! Er ist …«

Ich machte rasch einen Schritt um die Ecke und griff nach Fathoms, der mir halb ohnmächtig in die Arme sackte.

7. Der Horcher an der Wand

Ach, du liebe Zeit«, murmelte Constable Hartfield betreten und schaute auf das bibbernde Bündel in meinen Armen. »Was ist denn nun schon wieder passiert?«

»Holen Sie O'Leary«, ordnete ich an. »Fathoms! Fathoms, kommen Sie zu sich! Wo ist es passiert?«

»Im Keller«, japste er. »Mister Brown … der Brunnen!«

Mehr brauchte ich nicht zu hören. Mit Fathoms im Schlepptau eilte ich weiter, bis O'Leary mir im Laufschritt entgegenkam.

»Brown ist in den ungesicherten Brunnen gestürzt«, informierte ich ihn knapp.

Ohne ein Wort streifte er die hohen Schuhe von den Füßen, griff nach einer Petroleumlampe, die er hastig entzündete, und eilte uns voraus.

»Was hatte er im Keller zu suchen?«, fragte er über die Schulter.

»Ich …«, stöhnte Fathoms, der langsam wieder Farbe bekam, »wir … wir sind in den Keller hinuntergegangen. Mani wollte ein paar Flaschen Wein für das Essen und von dem Sherry … aus dem Raum, in dem Colonel Banks aufgebahrt liegt. Ich wollte nicht hinein, Sir. Da liegt eine Leiche, Sir!«

»Sie sind hinter Brown auf der Treppe zurückgeblieben?«

»Ja, Sir.« Fathoms brach in Schluchzen aus. Wie ein Mehlsack hing er erneut in meinem Arm und ließ sich die Stufen hinunterschleifen.

»Was geschah dann?«

»Er … schrie, Sir. Er schrie, als sei er wahnsinnig geworden.«

»Haben Sie verstanden, was er schrie? Wenigstens einzelne Wörter?«

»Ja, Sir … Aber es ergab keinen Sinn. *Sie kommt, sie kommt! Kein Spalt ist ihr zu eng! Oh Gott, er hätte ihr nicht auch noch das Auge nehmen sollen!* Begreifen Sie das, Sir?«

O'Leary bewegte stumm die Lippen, als wolle er sich die Worte ganz genau einprägen.

»Sind Sie ganz sicher, dass das der genaue Wortlaut war?«

»Ja, Sir! Ja! Und dann … dann ist er … rückwärts aus dem Raum gelaufen, Sir. Ich sah es von der untersten Stufe. Er hat die Lampe fortgeschleudert, als wollte er irgendetwas damit treffen. Eine Ratte, Sir? Er hat … er hatte einen furchtbaren Widerwillen gegen Ratten. Könnte es eine Ratte gewesen sein? Und dann hörte ich … ich weiß nicht, Sir. Ein Zischeln? Und dann gar nichts mehr. Ich habe nach Mister Brown gerufen, aber er gab keine Antwort. Er war verschwunden. Ich … ich hatte nur die Kerze, Sir. Ich habe versucht zu leuchten, in den Brunnen hinein, aber er ist viel zu tief, und … und …«

»Sie haben alles richtig gemacht«, sagte O'Leary knapp. »Es ist gut, Fathoms, es war nicht Ihre Schuld.«

Der junge Diener fuhr sich mit der Hand über das Gesicht, als wolle er Spinnweben abstreifen.

»Es ist mir schon einmal passiert, Sir«, wisperte er beinahe tonlos. »Meine kleine Schwester. Wir hatten einen Brunnen daheim, auf dem Hof. Clarissa … sie ist hineingefallen, Sir. Ich konnte sie nicht halten. Niemand weiß, dass ich dabei war. Niemand. Nur Colonel Banks. Weil ich es einmal im Traum erzählt habe. Und er sagte, er würde … wenn ich jemals ein schlechter Dienstbote wäre, dann wollte er es der Polizei sagen – dass ich damals gelogen habe. Dass ich besser auf Clarissa hätte aufpassen müssen. Es ist meine Schuld, Sir. Ich hätte aufpassen müssen.«

Er driftete in eine Panik. Seine Augen waren weit aufgerissen und von bodenloser Schwärze. Sie glühten wie Kohlestücke in seinem wachsweißen Gesicht.

»Fathoms.« O'Leary hatte sich umgewandt, zog ihn wie eine Puppe an sich. »Fathoms, hören Sie mir zu. Es war ein Unfall. An einem Unfall, Fathoms, hat niemand Schuld. Manche Dinge geschehen einfach, man kann sie nicht verhindern, so sehr man es auch versucht. Und jetzt helfen Sie uns! Vielleicht ist Brown nur verletzt. Kommen Sie, vielleicht können wir helfen.«

Mit unendlicher Behutsamkeit richtete er den jungen Mann auf.

»Schaffen Sie das? Für mich?«

»Ja, Sir.« Immer noch ein Flüstern, aber seine Stimme klang fester. »Meine Kerze liegt noch da unten, Sir, neben dem Brunnen. Und die Lampe ist in dem Zimmer mit der L… mit dem Sherry. Wir werden mehr Licht brauchen. Ich hole die Kerze und die Lampe, Sir.«

O'Leary stupste mich an. »Gehen Sie mit ihm, Daniel. Und passen Sie auf, dass keiner von Ihnen in diesen Brunnen fällt. Ich suche in den anderen Kellern nach einem Seil. Und wir brauchen eine stabile Konstruktion, um das Seil umzulenken, denn zwei von uns sind nicht stark genug, um den Dritten hinabzulassen. Rasch, es zählt jede Minute!«

Ich lief hinter Fathoms durch den gespenstischen Keller. Aus allen Gängen drangen Schatten auf mich ein, jedes Brett wurde zu einem Tier, das auf mich zuzuspringen drohte. Jedes Knistern, jedes Rascheln ließ mich herumfahren. Leuchteten Augen in dem Winkel dort hinten? Huschte eine Ratte unter dem Regal hindurch?

»Vorsicht!«

Fathoms gab mir einen Stoß, der mich gegen einen Pfeiler schlingern ließ.

»Der Brunnen, Sir. Hier liegt die Kerze. Haben Sie Zündhölzer?«

Ich bejahte und riss eins an den rauen Steinen an. Das winzige Licht der Kerze schien die Schatten nur zu vertiefen.

»Am besten bleiben Sie hier stehen, Sir«, schlug Fathoms vor. »Ich hole die Lampe. Sie liegt gleich dort drüben.«

Aus der Ferne näherte sich schaukelnd ein weiteres Licht. O'Leary, der gefunden hatte, was er suchte.

»Einer von uns muss hinunter«, beschloss er. »Fathoms, Sie sind der Leichteste. Trauen Sie sich das zu?«

Fathoms nahm Haltung an. »Jawohl, Sir!«

»Gut. Hier, knoten Sie sich das Seil um die Taille. Das andere Ende führen wir über dieses alte Wasserrohr, das Gestänge dort drüben und den Balken. Ich habe außerdem einen Topf mit Butterfett gefunden, damit können wir einige Lappen tränken. Das

Seil rutscht dann leichter. Es ist nur ein Behelf, aber es wird gehen. Daniel und ich haben schon wackligere Konstruktionen beherrscht. Nehmen Sie die Kerze mit. Rufen Sie sofort, wenn Sie Brown entdecken.«

Mit einigen Drähten sicherten wir unsere improvisierte Umlenkung und wickelten uns Stofffetzen um die Hände, um einen besseren Griff zu haben. Zu zweit hielten wir das Seil straff, während Fathoms die Kerze fester griff und sich bereit machte.

O'Leary nickte ihm aufmunternd zu und er ließ sich über den Brunnenrand gleiten. Stück für Stück verschwand er in der Tiefe. Bald schon konnten wir ihn nicht mehr erkennen, wir sahen nur an der schwankenden Kerze, wo er sich ungefähr befand.

Und dann, mit einem Mal, begann das Licht im Brunnenschacht zu flackern und erlosch.

O'Leary schaltete sofort.

»Gas!«, rief er. Das eine Wort reichte aus, um mir Eisschauer über den Rücken zu jagen. Der Brunnen war so lange unbenutzt gewesen, dass sich auf seinem Grund Kohlenmonoxid angesammelt hatte. Es hatte die Kerze erstickt und wenn wir Fathoms nicht schnell genug bergen konnten, würde es auch ihn ersticken.

Sofort änderten wir die Richtung. War es vorhin schon schwer gewesen, Fathoms kontrolliert hinunterzulassen, so hing nun sein lebloser Körper wie eine Ladung Blei im Brunnen. Ich biss die Zähne zusammen und hängte mich mit voller Kraft in das Seil. Vor mir hörte ich O'Leary keuchen, die Adern an seinen Schläfen traten hervor. Er verschwendete seinen Atem nicht für weitere Worte und ich nahm mir ein Beispiel daran. Wie in einem Albtraum zogen und zerrten wir, bis meine Arme lahm waren und ich glaubte, die Hölle selbst hinge an Fathoms' Beinen.

O'Leary stieß einen kurzen Schrei aus. Der Körper des jungen Dieners war aufgetaucht. Gemeinsam zerrten wir ihn über den Brunnenrand. Er lag ganz still, gab keinen Laut von sich. Im blassen Licht der beiden Lampen konnte ich nicht erkennen, ob sich seine Brust noch hob und senkte.

»Daniel, holen Sie den Arzt!«, rief O'Leary, indem er sich über Fathoms lehnte und sein Ohr neben den Mund des Dieners brachte.

Jetzt erst wurde mir bewusst, dass ich mich noch immer an das Seil klammerte, so fest, dass sich das Muster der Windungen in meine Handfläche eingegraben hatte. Ich ließ es fahren, nahm eine der Lampen an mich und hastete, so schnell ich konnte, die Treppenstufen empor. Constable Hartfield hatte bereits die anderen alarmiert und Miss Huntington, als Reisende praktischer veranlagt als die Übrigen, hatte ihre Schlüsse gezogen und die nötigen Vorbereitungen getroffen. Sie trug Reitstiefel und einen Helm und war eben dabei, die Halle zu verlassen, als ich schwer atmend ankam.

»Fathoms … verletzt … keine Spur von Brown …«, keuchte ich. »Doctor Northcombe, schnell!«

»Das dritte Haus neben der Kirche, nicht wahr?«, fragte sie, an Doreen gewandt, die sich kreideweiß auf das Treppengeländer stützte.

»Ja, Mylady«, gab sie zur Antwort. »Der schnellste Weg führt direkt an der Kirche vorbei.«

Miss Huntington eilte über den Hof zu den Stallungen und es kam mir vor, als seien nur Minuten vergangen, ehe ich ein Pony im gestreckten Galopp davonpreschen hörte.

»W-w-wo ist Fathoms?«, fragte der Professor besorgt.

Ich hatte mich von meinem Lauf genug erholt, um nun umfassend Auskunft zu geben und war erleichtert, als Professor Figgs gemeinsam mit dem Bischof in den Keller aufbrach, um O'Leary zu unterstützen und Fathoms, soweit er transportfähig war, wieder nach oben zu bringen. Ich blieb mit dem falschen Prinzen, dem Constable und Doreen zurück.

Der jungen Frau schienen der Verlust des Geliebten und Arbeitgebers und die weiteren erschreckenden Vorfälle sehr zugesetzt zu haben. Sie hatte dunkle Ringe unter den Augen, wirkte abgemagert und aufgewühlt. Ich überlegte, in welcher Weise ich mich ihr gegenüber freundlich zeigen konnte, aber der Constable war auf dieselbe Idee gekommen.

»Setzen Sie sich doch«, bat er. »Das alles macht Ihnen schwer zu schaffen, nicht wahr?«

Doreen zuckte zusammen, als sei sie in tiefem Nachdenken gestört worden. Mit einem wirren Blick auf den Constable ließ sie sich auf einen Stuhl sinken.

»Es hängt mit dem Stein zusammen, nicht wahr?«, fragte sie matt. »All das hat nur angefangen, weil er diesen Stein nicht in der Schatulle lassen konnte. Er hat etwas Dunkles. Man könnte meinen, er schreit nach dem Blut.«

Ich wollte sie wegen ihres düsteren Aberglaubens zurechtweisen, aber mir fiel ein, dass O'Leary selbst geäußert hatte, er glaube an Flüche.

»Woher hatte Colonel Banks diesen Stein?«, erkundigte ich mich.

Doreen schüttelte den Kopf und verbarg ihr Gesicht in den Händen.

»Ich weiß es nicht«, erwiderte sie dumpf. »Als er mit Brown und Mistress Mani hier eingezogen ist, hatte er die Schatulle bereits. Sie war immer in der Bibliothek und nur er hatte den Schlüssel dazu. Ich würde alles dafür geben, wenn es dabei geblieben wäre!«

»Was hat er über die Schatulle erzählt?«, fragte ich weiter.

»Ist das jetzt noch wichtig?«, stöhnte sie. »Dass er sie aus Indien hat, aus einem Tempel, glaube ich. Ja, genau, das waren seine Worte: Es war ein Tempelschatz und eine Priesterin hat versucht, ihn an Colonel Banks und seinem Trupp vorbei zu schmuggeln. Aber sie verhielt sich zu auffällig. Als sie angehalten wurde, machte sie eine Bewegung, als wolle sie fliehen. Einer der Soldaten hat sie festgehalten und die Schatulle fiel zu Boden. Das ist es jedenfalls, was er mir erzählt hat.«

Durch ihren Tonfall stutzig geworden, hakte ich nach. »Sie glauben es nicht?«

»Nun« – sie lächelte flüchtig – »in diesem Fall hätte er den Schatz doch der Krone geben müssen, nicht wahr? Der Schmuck ist viel zu kostbar, um ihn einfach einzustecken. Und dieser Stein … ich glaube wohl, dass er es wert ist, einer Gottheit zu gehören. Warum nehmen Sie nicht einfach den verfluchten Stein und schaffen ihn aus dem Haus? Vielleicht finden wir dann unseren Frieden wieder.«

Ehe ich antworten konnte, entstand eine Bewegung an der Kellertür. Der Bischof stemmte sie mit seiner gewaltigen Kehrseite auf und platzte rücklings in die Halle. Er trug einen Leuchter, der sich in den dicken Fingern wie eine Lyra machte. Ihm folgten O'Leary und Professor Figgs, die Fathoms trugen. Mit einem gemeinschaftlichen Ächzen legten sie den Diener auf einer niedrigen

Bank ab. O'Leary überprüfte erneut den Atem und den Herzschlag.

»Ich würde sagen, er ist über den Berg. Immerhin ist es gut, wenn Doctor Northcombe ihn noch einmal genauer untersucht.«

Er gab den Anwesenden noch einmal eine knappe Zusammenfassung der Vorfälle.

»Was wird nun mit Brown?« fragte Constable Hartfield unruhig. »Auch wenn ihm vermutlich nicht mehr zu helfen ist, müssten wir doch seine Leiche bergen.«

»Später«, beschied ihn O'Leary. »Wir werden am Montag ein Bergungsteam zusammenstellen und mit Sauerstoffmasken ausrüsten. Ich bin sicher, dass einige Dörfler ihre Masken noch nicht weggeworfen haben. Wenn wir vier oder fünf Freiwillige hinunterlassen, können wir Brown sicher nach oben bringen. Genügt Ihnen das?«

Der Constable nickte. »Selbstverständlich, Sir!«

***

Als Fathoms von Doctor Northcombe als wiederhergestellt erklärt worden und der Arzt mit dem Constable ins Dorf zurückgekehrt war, trafen wir uns zu einem verspäteten Lunch. Wir waren ein versprengtes Trüppchen, das um den großen Tisch herum saß. O'Learys dunkle Augen wanderten von Bischof Cassock, der gedankenverloren eine riesige Portion Curry in sich hineinlöffelte, zu Professor Figgs, der sich so gesetzt hatte, dass sein Blick in den nächtlichen Park fiel, und zu träumen schien, denn als Prinz Qazim ihm eine Frage über die traditionelle indische Waffenkunst stellte, zuckte er nur zusammen und gab keine Antwort. Schließlich ruhte O'Learys Blick auf Miss Huntington, die ungerührt mit lauter Stimme allerhand Episoden aus ihrem bewegten Leben zum Besten gab, die uns anscheinend aufmuntern sollten, allerdings eher das Gegenteil erreichten.

Doreen, die das Essen auftrug und sich um die Getränke kümmerte, war noch immer sehr blass. Die dunklen Schatten unter ihren Augen schienen sich noch vertieft zu haben und sie strauchelte beinahe über ihre eigenen Füße.

O'Leary fing das Tablett, das ihren Händen zu entgleiten drohte.

»Meine Damen, meine Herren«, begann er mit klarer Stimme und die Gespräche verstummten.

»Angesichts der letzten Ereignisse ist mir klar geworden, dass ich für niemandes Sicherheit garantieren kann. Ursprünglich war ich entschlossen, niemandem die Abreise zu gestatten, ehe morgen gegen Nachmittag der Detective Inspector eintrifft. Ich will Ihnen gestehen: Ich hoffte sogar, ihm den Mörder unseres Gastgebers präsentieren zu können. Aber nun ...« Seine Stimme zitterte und er räusperte sich, ehe er fortfuhr. »Ich stelle jedem Anwesenden frei, auf der Stelle abzureisen und sich in Sicherheit zu bringen. Mir ist klar, dass ich durch diese Entscheidung einen Mörder und möglicherweise auch einen Dieb begünstige. Aber das Leben der Unschuldigen geht vor.«

Er wandte sich an Doreen und ergänzte leise: »Und auch das Leben der Ungeborenen.«

Doreen stieß einen spitzen Schrei aus und ließ sich auf einen Stuhl sinken.

Der Bischof fuhr auf. »Was wollen Sie damit sagen?«

»Dass Levett House einen Erben hat. Bischof Cassock, ich habe Grund zu der Annahme, dass Colonel Banks Ihre Anwesenheit nicht nur in Ihrer Eigenschaft als Kunstkenner wünschte, sondern Sie außerdem darum bitten wollte, seiner Verbindung zur Mutter seines Kindes den kirchlichen Segen zu erteilen.«

Doreen öffnete den Mund, um etwas einzuwenden, aber O'Leary stoppte sie mit einem scharfen Seitenblick.

»Wir dürfen davon ausgehen«, fuhr er fort, »dass der Colonel diese Ehe im bürgerlichen Sinne bereits als geschlossen betrachtete. Brown, sein Butler, hätte das gewiss bestätigen können, aber leider weilt er nicht mehr unter den Lebenden. Doreen … Banks ist damit die rechtmäßige Herrin dieses Hauses. Allerdings würde ich ihr raten, für einige Zeit ins Dorf zu ziehen, bis ihr Eigentum bestätigt ist.«

»Aber Sir!«, widersprach das Zimmermädchen. »Ich will gar nichts von den Dingen hier!«

»Das ehrt Sie, aber Sie müssen an Ihr Kind denken«, gab O'Leary zurück. »Gehen Sie zu Doctor Northcombe. Ich habe ihn eingeweiht, er wird Ihnen weiterhelfen. Wenn diese furchtbare Sache endlich ausgestanden ist, dann gehört dieser Besitz Ihnen. Und nun zu den anderen …«

»Ich bleibe!«, rief Miss Huntington lebhaft. »Ich bin es dem Colonel schuldig, nicht feige davonzulaufen, sondern seinen Mörder zur Strecke zu bringen.«

»Ich möchte ebenfalls bleiben«, ergänzte Prinz Qazim. Er wandte sich direkt an O'Leary. »Hinterhalt und Täuschung sind nicht meine eigentliche Natur«, erklärte er reumütig. »Deswegen fühle ich mich verpflichtet, meinen Fehler wiedergutzumachen und alles mir Mögliche für die Aufklärung dieses Falles zu tun.«

»Ich darf nicht an meine persönliche Sicherheit denken«, sagte der Bischof salbungsvoll. »Wo immer ein verlorenes Schäfchen meiner Anwesenheit bedarf ...«

Professor Figgs lachte unbehaglich. »W-w-wenn ich allein aufbräche, w-w-würde das einen m-m-merkwürdigen Eindruck machen, nicht wahr?«

»Immerhin liegt es an uns, die notwendigen Sicherheitsvorkehrungen zu treffen«, stellte Miss Huntington fest. »Über Nacht sollten wir unsere Zimmer verschlossen halten und uns bei Tag stets in Gruppen von zwei oder drei Personen bewegen. Auf meiner Reise durch den Regenwald auf Java haben wir es ebenfalls so gehandhabt und das hat mir, wenn ich so sagen darf, das Leben gerettet. Allerdings ist gleich in der zweiten Nacht ein Tiger in unser Camp eingedrungen und hat einen der eingeborenen Träger gerissen und außerdem hatten wir unsagbaren Ärger mit diesem einzelgängerischen Orang-Utan, der ...«

»L-l-lassen Sie das!«, rief Professor Figgs unerwartet heftig. »S-s-sie machen uns alle v-v-vollkommen verrückt mit Ihren Schauergeschichten!«

Miss Huntington zuckte geziert die Achseln. »Auf meinen Reisen konnte ich mir solche Empfindlichkeiten nicht leisten. Aber nun gut, nicht jeder ist zum Abenteurer geboren. Wo ist eigentlich diese unsägliche indische Haushälterin – Mani, nicht wahr?«

»Sie ...« Doreen hockte noch immer zusammengesunken auf ihrem Stuhl, den Blick nach innen gekehrt. »Der Tod von Colonel Banks hat sie vollkommen aus der Bahn geworfen. Seit sie einander in Indien begegnet sind, waren sie niemals getrennt. Sie scheint furchtbar unter der Situation zu leiden.«

»Das ist tragisch – aber keine Antwort auf meine Frage«, insistierte Miss Huntington.

»Sie ist in ihrer Kammer, hinter der Küche«, ergänzte Doreen. »Ich schaue hin und wieder nach ihr und stelle ihr etwas zu essen hin, aber sie sitzt immer nur auf der Bank am Kamin und starrt hinein. Es ist unheimlich! Wahrscheinlich ist sie krank. Vielleicht wäre es das Beste für sie, nach Indien zurückzukehren.«

»Wir werden dafür sorgen«, sagte O'Leary sanft. »Packen Sie Ihre Sachen, Doreen! Ich finde hier keine Ruhe, ehe ich Sie in Sicherheit weiß. Und dann lassen Sie uns Miss Huntingtons Vorschlag folgen und uns in unseren Zimmern einschließen. Es ist schon spät.«

O'Leary so vollkommen geschlagen zu sehen, war ungemein bedrückend für mich. Sein selbstsicheres Auftreten war völlig von ihm abgefallen, seine Augen erloschen. Er sprach kein Wort mehr und hielt seinen Blick gesenkt. So abwesend schien er, dass er sich nicht einmal dem allgemeinen Aufbruch anschloss, sondern noch für eine Weile auf seinem Stuhl sitzen blieb, bis er schließlich aufsah, bemerkte, dass er und ich allein im Zimmer verblieben waren, und sich langsam erhob.

»Die Schäfchen«, sagte er ohne jeden Zusammenhang und bewies mir dadurch schmerzhaft, wie sehr ihn die Ereignisse mitgenommen hatten. »Oh Danny Boy, erinnern Sie mich spätestens morgen früh an Bischof Cassocks Schäfchen!«

»Gern«, lenkte ich ein, um ihn zu beruhigen, »aber was ...«

»Die Schäfchen könnten noch wichtig werden. Seltsam, dass es Ihnen entfallen ist, Sie waren doch dabei, als zum ersten Mal das Gespräch auf diese Schäfchen kam. Aber heute ist es schon zu spät, um nach ihnen zu suchen.«

Erleichtert atmete ich auf. »Gut, dass Sie es selbst einsehen, O'Leary. Was Sie nach diesen verstörenden Ereignissen brauchen, ist eine ausgedehnte, ungestörte Nachtruhe. Ich bin sicher, dass Sie morgen früh wieder in Ihrer alten Form sein werden, und vielleicht ...«

Ich verstummte unter O'Learys scharfem Blick. War ich ihm zu nahe getreten?

»Sie brauchen sich nicht zu schämen«, versuchte ich es erneut. »Wir alle sind von diesen rätselhaften Todesfällen vollkommen vor den Kopf gestoßen. Niemand macht Ihnen einen Vorwurf.«

»Danny Boy«, sagte er und der Schatten eines Lächelns kräuselte seine Mundwinkel. »Oh Danny Boy, habe ich Ihnen schon einmal gesagt, dass Sie Gold wert sind? Mag Ihr Verstand Sie auch mitunter im Stich lassen, Ihr großes Herz macht diesen Fehler tausendmal wieder wett. Wenn ich jemals wieder ungeduldig mit Ihnen werden sollte, dann erinnern Sie mich an dieses Gespräch. Und nun vertrauen Sie mir: Ich bin weder verrückt geworden noch habe ich den Fall aufgegeben. Im Gegenteil, langsam sehe ich klarer. Wir werden noch eine Weile warten, um sicherzugehen, dass die Übrigen sich zur Ruhe begeben haben, und dann ein kleines Experiment durchführen, auf das ich schon längst hätte kommen sollen.«

»Sie wollen mitten in der Nacht experimentieren?«, fragte ich.

»Keine Sorge, wir brauchen weder Bunsenbrenner noch Reagenzgläser. Feine Ohren werden genügen. Oh, ich hoffe, dass jeder in diesem Haus sich zumindest von Zeit zu Zeit zur Ruhe begibt, denn sonst werden unsere Vorsichtsmaßnahmen nichts nützen.«

Schnellen Schrittes eilte O'Leary zum Salon. Ich folgte ihm verwirrt. Kaum hatten wir den Raum betreten, als er mich bei den Schultern fasste und vor dem Kamin aufstellte.

»Feine Ohren, wie ich schon sagte«, erklärte er und dämpfte seine Stimme dabei zu einem Flüstern. »Bleiben Sie genau hier stehen, oh Danny Boy, und sobald Sie etwas hören, machen Sie sich bemerkbar – aber unauffällig, weil wir nicht wissen können, wer sonst noch lauscht. Singen Sie etwas oder sagen Sie ein Gedicht auf, so, als könnten Sie nicht schlafen und würden sich die Zeit vertreiben.«

Damit war er verschwunden und ließ mich im Zustand völliger Ratlosigkeit zurück. Ich bückte mich und schaute in den Kamin. Ich betrachtete müßig die Bilder an der Wand, besann mich dann auf meine Aufgabe und schlich reuevoll zum Kamin zurück. Als mir vor Müdigkeit die Beine schwer wurden, zog ich den Sessel heran, blieb dann aber doch stehen, weil ich befürchtete, im Sitzen einzunicken.

Endlich erklang aus dem Kamin die Stimme O'Learys, gedämpft zwar, aber deutlich zu verstehen.

»In der Bibliothek«, sagte er.

»Tiger, Tiger, hell entfacht in den Wäldern in der Nacht«, gab ich zur Antwort.

Kaum einen Lidschlag später wurde die Tür aufgerissen. Ich erstarrte vor Schreck, ehe ich O'Leary erkannte, der triumphierend lächelte.

»Sehr gut, da haben wir die erste Verbindung«, stellte er fest. »Jetzt gehen Sie bitte ins Speisezimmer und stellen sich dort wieder vor den Kamin.«

»Ich könnte Ihnen wesentlich besser von Nutzen sein«, protestierte ich, »wenn Sie mir sagen würden, was wir hier tun!«

»Nicht jetzt«, winkte er ab, »und vor allem nicht hier. Ich sagte doch: Wir haben eine Verbindung. Wie sind Sie übrigens ausgerechnet auf Blake gekommen?«

Ohne auf meine Antwort zu warten, hastete er davon. Ich zuckte die Achseln. Wenn er so in Fahrt war, tat man ihm besser seinen Willen. Also ging ich ins Speisezimmer. Dass auch dort ein riesiger Kamin stand, obwohl doch genügend Wärme aus der Küche kam, war mir vorher gar nicht aufgefallen. Ich tastete mit der Hand hinein und bemerkte, dass er seit längerem nicht benutzt worden war.

»Im Keller«, sagte O'Learys Stimme.

»Passen Sie auf, dass Sie nicht in den Brunnen fallen«, gab ich reflexartig zurück.

Bald darauf tauchte er wieder hinter mir auf.

»Die zweite Verbindung«, stellte er fest. »Nun lassen Sie mich noch die oberen Zimmer überprüfen – dann, das verspreche ich, werde ich alles erklären. Bitte gehen Sie zuerst in Ihr Zimmer und warten Sie auf mein Signal.«

Ich wandte mich wortlos ab.

»Oh Danny Boy, ist alles in Ordnung mit Ihnen?«

»Warum sollte Ihnen mein Befinden am Herzen liegen«, erwiderte ich gekränkt, »obwohl Sie doch beschlossen haben, mich nur noch wie einen Befehlsempfänger zu behandeln und nicht mehr in Ihre Pläne einzuweihen?«

»Danny. Daniel. Ich kann hier nicht offen reden, begreifen Sie das? Vielleicht haben wir Glück und es gibt in meinem oder Ihrem Zimmer keine Verbindung. Dann kann ich Ihnen schon in wenigen Minuten alles genau erklären. Bitte schenken Sie mir noch für einen Augenblick Ihr uneingeschränktes Vertrauen!«

Wer hätte O'Leary widerstehen können, wenn er so innig bat? Ich jedenfalls musste lächeln und eilte mit großen Schritten aus der Tür zur Eingangshalle, um die Treppen zu ersteigen.

***

Die Türen der Gästezimmer waren aus massiver Eiche und ließen gewiss keinen Laut aus dem Gang in die Räume dringen. Dennoch bewegte ich mich leise und vorsichtig, denn ich hatte meine Lektion gelernt. Vielleicht verbarg sich jemand hinter dem Vorhang oder eine Tür war nicht ganz geschlossen? O'Leary schien überall Lauscher zu wittern und ich konnte seinen Verdacht nicht widerlegen.

Behutsam öffnete ich meine Zimmertür. Der Raum war dunkel und still. Selbst meine Schritte machten auf dem weichen Teppich kein Geräusch. Einzig mein Atem war zu hören, unnatürlich laut und schnell. Sobald ich den Raum betreten hatte, wurde mir mein Fehler klar: Ich kehrte um, holte aus dem Gang einen Leuchter und entzündete die Kerze. In ihrem Schein tastete ich mich zum Kamin, gerade rechtzeitig, um O'Learys Stimme zu hören.

»In der Küche«, wisperte er.

»Polly, setz den Kessel auf«, gab ich zurück.

»Jetzt müssen wir noch mein Zimmer überprüfen, Danny.«

Mit der Kerze in der Hand überquerte ich den Gang. O'Learys Jagdfieber hatte mich anscheinend angesteckt, denn ich wandte mich mehrmals nervös um, weil ich das Gefühl nicht loswurde, dass mich jemand beobachtete. Aber ich entdeckte niemanden. Vermutlich waren die anderen Gäste dem Rat Miss Huntingtons gefolgt und hatten sich in ihren Zimmern eingeschlossen.

In O'Learys Zimmer fand ich mich rasch zurecht, denn ich hatte nicht vergessen, dass es genau spiegelverkehrt zu meinem gebaut war. Daher hielt ich direkt auf den Kamin zu und bückte mich, um zu lauschen.

Ein Fauchen wie von einem wilden, in die Enge getriebenen Tier erklang.

»O'Leary, sind Sie das?«, fragte ich verunsichert. »Vermutlich habe ich mir das selbst zuzuschreiben, denn ich hätte nicht von Blakes Tiger anfangen sollen. Aber dieser Spaß geht mir doch ein bisschen zu weit.«

Wieder dieses Geräusch, diesmal ein Stück entfernt, als sei das Tier im Rückzug begriffen.

Sekunden später legte sich eine Hand auf meine Schulter.

Ich schrie auf, knallte mit dem Kopf gegen das Kaminsims und ließ die Kerze fallen. Sie rollte ein Stück über den Teppich, ehe sie erlosch.

»Oh Danny Boy, du lieber Himmel!«, schimpfte O'Leary. »Wollen Sie das ganze Haus wecken?«

»Das Fauchen«, flüsterte ich und tastete mich zum Bett vor, da meine Knie nachzugeben drohten. »Ein Fauchen wie von einem Tiger – das waren nicht Sie, oder?«

Die Kerze flammte wieder auf und beleuchtete O'Learys besorgtes Gesicht. Er winkte mich zum Schreibtisch, entzündete einen weiteren Leuchter und setzte sich in einen der beiden Sessel. Ich nahm auf dem anderen Platz, verwirrt, aber immer noch zu erschrocken, um zu protestieren.

»Waren Sie heute im Park, oh Danny Boy?«, fragte er.

»Nein. Aber was hat das mit dem Fauchen ...«

Eine schroffe Handbewegung O'Learys schnitt mir das Wort ab.

»Er ist gerade jetzt im Sommer sehr schön«, fuhr er fort. Währenddessen schob er einen Briefbogen zu mir herüber.

Wir dürfen in diesem Zimmer nicht mehr über unsere Pläne sprechen, stand in seiner schön geschwungenen Handschrift darauf.

»Aber warum?«, fragte ich aufgeregt.

O'Leary machte die Bewegung des Schreibens und schob mir einen Bleistift zu.

Endlich begriff ich.

»Ich mache mir nichts aus dem Sommer«, sagte ich. »Die Hitze bekommt mir nicht, da bleibe ich lieber im Haus.«

Damit schob ich den Briefbogen zurück zu O'Leary.

Denken Sie, wir werden belauscht?, hatte ich geschrieben.

»Ich habe den Pfau beobachtet«, sagte O'Leary. »Er hielt sich am Ententeich auf.«

Die Kamine sind miteinander verbunden. Jemand, der diese Verbindungen kennt, kann vermutlich jedes Zimmer in diesem Haus abhören.

Mir lief es eiskalt den Rücken herunter, als ich an das grauenvolle Fauchen dachte.

»Mit welchem Raum ...«, begann ich unbesonnen und verbesserte mich rasch: »In welchem Raum bewegt sich dieses Tier eigentlich?«

O'Leary hatte mich schon verstanden. »Ich weiß es nicht«, sagte er. »Das konnte ich noch nicht überprüfen. Vielleicht kann ich es morgen früh herausfinden.«

Mir fiel etwas anderes ein. Schnell griff ich nach dem Papier und kritzelte: *Constable Hartfield und ich haben die Schatulle geöffnet. Der große Smaragd fehlte. Glauben Sie, dass der Bischof ihn genommen hat und zurückgekehrt ist, um den Rest zu holen?*

Viel zu riskant!, schrieb O'Leary darunter. *Er wäre auf der Stelle geflüchtet. Der Besitz dieses Steins ist gefährlich. Schon das Wissen darüber kann das Leben kosten.*

»Von Ihrem Zimmer aus haben Sie eine schöne Aussicht über den Hof und die Auffahrt«, sagte er, indem er an das Fenster trat. »Wenn Sie nicht schlafen können, haben Sie die Gelegenheit, die Automobile vor dem Haus zu betrachten. Natürlich kommt keines auch nur andeutungsweise an den Lancia heran. Aber wenn man ein Autonarr ist, – und als einen solchen würde ich mich ohne Zögern bezeichnen – dann bietet auch der Rolls-Royce mit seinen geschwungenen Kotflügeln einen hübschen Anblick. Ein Silver Ghost, nicht wahr? Neben ihm wirkt der dunkelblaue Bentley beinahe bäurisch mit seinem gedrungenen Chassis. Und wem gehört wohl der Rover? Ein ungewöhnliches Modell!«

»Ich glaube, es ist Miss Huntingtons Wagen«, sagte ich. »Aber die Aussicht aus Ihrem Fenster ist doch ungleich schöner, meinen Sie nicht? Noch dazu haben Sie einen Balkon und können ins Freie treten. Schauen Sie doch, Ihr Ausblick geht über den gesamten

Park! Wenn Sie früh genug aufwachen, können Sie vielleicht den Pfau sehen, wenn er zum Ententeich wandert.«

»Oh ja und mit etwas Pech kann ich ihn auch hören, wenn er in der Morgendämmerung sein furchtbares Geschrei ausstößt. Nein, oh Danny Boy, glauben Sie mir: Sie haben mit Ihrem Zimmer das größere Glück.«

Er zog den Zettel heran und schrieb:

Das meine ich ernst, Daniel. Ich habe den Verdacht, dass noch heute Nacht jemand aufzubrechen versucht, und möchte als Beobachter die Auffahrt im Blick haben. Lassen Sie uns die Zimmer tauschen!

Mit dem Finger auf den Lippen erhob er sich und wandte sich auf leisen Sohlen zum Gehen. Er schloss die Tür hinter sich und ich blieb in seinem Zimmer allein zurück.

8. Eine unruhige Nacht

Nun stand ich im vermutlich schönsten Zimmer des Anwesens, ganz gewiss in dem mit dem luxuriösesten Bad und dem am besten gefüllten Kleiderschrank, und ich sollte – aufgrund einer Grille O'Learys – dort die ganze Nacht verbringen. Ich konnte mein Glück kaum fassen! Zunächst sicherte ich den Kamin, indem ich einen der Sessel davor wuchtete und die Ritzen mit der Tischdecke verstopfte. Dann öffnete ich die Türen des Kleiderschranks. Obwohl ich ihn selbst eingeräumt hatte, kam er mir vor wie eine Schatzhöhle aus einem orientalischen Märchen. Ich ließ die feinen Stoffe durch meine Finger gleiten, strich über die Stickereien, steckte meine Nase in die Pelzbesätze und ließ die Vergoldungen im Schein der Kerze blinken.

Da O'Leary mich so unvermutet zu diesem Zimmerwechsel aufgefordert hatte, blieb mir gar nichts anderes übrig, als einen seiner Pyjamas anzuziehen. Eine Weile schwankte ich zwischen dem nachtblauen aus Wildseide und dem purpurroten mit dem breit fallenden Kragen, aber dann bedachte ich, dass O'Leary der Ansicht war, dass alle Rottöne mir besonders gut zu Gesicht stünden, und wählte den purpurfarbenen. Am liebsten hätte ich ein

Bad genommen, bevor ich hineinschlüpfte, aber es war schon spät, Doreen war O'Learys Ratschlag gefolgt und ins Dorf zu Doctor Northcombe gezogen, und ehe ich die Haushälterin Mani darum gebeten hätte, mir ein Bad einzulassen, beschränkte ich mich lieber auf eine Katzenwäsche am Waschbecken.

Mit O'Learys Lieblingsslippers an den Füßen und in seinen eleganten, schwarzen Morgenmantel gehüllt, öffnete ich die Tür zum Balkon und trat hinaus.

Die Nacht war klar und sommerlich warm und roch nach frisch gemähtem Gras. Im Mondlicht waren die Konturen der Bäume gut zu erkennen. Zikaden zirpten und einmal drang sogar der entfernte, durchdringende Schrei des Pfaus an meine Ohren.

Schließlich hatte ich genug davon und kehrte in das Zimmer zurück. Die Tür schloss ich sorgfältig, außerdem zog ich die dichten Vorhänge vor. Dann hängte ich den Morgenmantel über den Sessel am Schreibtisch, stellte die Kerze auf den Nachttisch und schlüpfte unter die Decke.

Hätte jemand mit mir gewettet, ich hätte sicherlich angenommen, in diesem Zimmer einen guten Schlaf zu haben. Stattdessen konnte ich nicht zur Ruhe kommen. Die Bilder der letzten beiden Tage, die ich zuvor zurückgedrängt hatte, traten nun ungebeten in mein Bewusstsein und mich überliefen Schauer. Der aufgeschnittene, zerlegte Körper des Colonels stand mir vor Augen, ebenso wie Fathoms, wie er halb irre vor Angst in meine Arme sackte, und ich hörte wieder und wieder die Worte, die nach Fathoms' Aussage die letzten des unglückseligen Butlers Brown gewesen waren. *Sie kommt, sie kommt! Kein Spalt ist ihr zu eng!*

Beunruhigt erhob ich mich wieder, entzündete die Kerze, ging zur Zimmertür und überprüfte, ob sie verschlossen war und der Schlüssel halb gedreht im Schlüsselloch steckte. Dann tastete ich mich weiter zum Kamin, rüttelte an dem verkeilten Sessel und stopfte die Tischdecke noch einmal nach. Als Nächstes kam ich auf meinem erneuten Rundgang zur Balkontür. Auch sie überprüfte ich gewissenhaft, bevor ich meine Unruhe auf die allzu vielen Erlebnisse in Levett House schob und mich erneut ins Bett legte. Ich löschte die Kerze, stellte sie so neben mich, dass ich sie auch im Halbschlaf würde erwischen können, und zog die Bettdecke bis ans Kinn.

Aber noch immer war ich zu erregt, als dass ich hätte einschlafen können. Ich überdachte den Zimmertausch und kam zu dem Ergebnis, dass er kein besonders kluger Schachzug gewesen war. O'Leary schlief tief und außerordentlich fest, selbst wenn er seine Schlafzylinder auf dem Nachtschränkchen vergessen hatte und seine Ohren nicht damit verstopfen konnte. Wie sollte er das Starten eines Automobils bemerken? Wäre es nicht besser gewesen, mich mit diesem Auftrag zu betrauen? Oder hielt O'Leary mich etwa nicht für zuverlässig genug?

An dieser Stelle meiner Gedanken angelangt, wurde ich erneut unruhig und streckte meine Hand aus, um nach der Kerze zu tasten. Dabei bewegte ich meinen Fuß und glaubte, mit den Zehen irgendetwas berührt zu haben. Sofort erstarrte ich mitten in der Bewegung. War etwas unter meiner Decke? Halb musste ich lachen bei dem Gedanken, dass sich etwa einer von O'Learys Slippers in mein Bett verirrt haben könnte, aber die Slippers standen beide nebeneinander unter dem Nachttisch, dessen war ich sicher.

Ich lag ganz still und starrte auf die Decke. Im blassen Mondlicht zeichneten sich ihre Umrisse deutlich genug ab. Da, erneut eine Bewegung! Ein Zittern lief über den weichen Stoff. Dabei war ich mir sicher, die Füße um keinen Deut gerührt zu haben.

Ein Tropfen Schweiß lief mir über die Stirn und tropfte von der Nase. *Die Kerze! Wenn ich nur etwas mehr sehen könnte!* Aber um sie zu erreichen, musste ich mich strecken, und gerade das wagte ich nicht.

»Hilfe«, wisperte ich, aber meine Stimme klang so dünn wie die einer Maus, und die Türen waren massiv. Die wellenartige Bewegung durchlief erneut den Stoff meiner Decke. Etwas Festes, Muskulöses streifte mein Bein. Mit aller Konzentration versuchte ich still zu halten, denn meine Fantasie malte ein immer deutlicheres Bild von dem, womit ich rechnen musste.

Sie kommt! Sie kommt! Kein Spalt ist ihr zu eng!

Sie war ganz nah, bereit, ihre gifttriefenden Fänge in mein Fleisch zu bohren. Hätte ich bereits geschlafen, so wäre es mein Ende gewesen, denn die kleinste unwillkürliche Bewegung hätte sie zum Zubeißen gereizt.

Meine rechte Wade krampfte. Ich biss mir auf die Lippen und kämpfte einen verzweifelten Kampf gegen den Schmerz. *Nur nicht zucken …*

Wie festgefroren verfolgte ich die Bewegungen unter meiner Decke. Der forschende Kopf meines Angreifers schien sich zur Seite zu bewegen, tastete sich am Rand der Matratze entlang. Der Körper folgte.

Ich nutzte meine einzige Chance. Mit einem wilden Aufschrei warf ich mich zur anderen Seite, sprang aus dem Bett, schleuderte die Decke von mir und sprang in die Richtung, in der ich die Zimmertür erahnen konnte. Noch während ich fieberhaft nach der Klinke tastete und mit der anderen Hand den Schlüssel im Schloss herum zwang, hatte sich mein ungebetener Gast befreit und richtete sich drohend auf.

Ich erahnte die Umrisse einer riesenhaften Kobra, die suchend hin- und herschwang und deren gereiztes Zischen das ganze Zimmer erfüllte.

Die Tür gab nach. Ich stürzte hinaus, warf sie gleich hinter mir wieder ins Schloss und rannte panisch den Gang hinunter. All meine angestaute Angst entlud sich jetzt. Ich hämmerte wahllos an die Türen und brüllte aus Leibeskräften: »Schlange! Schlange!«

Nach einer Weile schwang eine der Türen auf. Miss Huntington stand im Rahmen, eine Kerze in der Hand, akkurat frisiert wie immer und auch in ihrem seidenen Nachtgewand mit dem passenden Mantel darüber ebenso korrekt wie herausfordernd gekleidet.

»Was reden Sie für einen Unsinn!«, schnappte sie und warf den Kopf in den Nacken. »Wir sind in Südengland. Wo soll hier eine Schlange herkommen? Haben Sie vielleicht schlecht geträumt?«

Ihr lautes Zetern hatte den falschen Prinzen geweckt, der zerzaust, in buntem Flanell und gar nicht prinzlich aus der Tür lugte. Er hielt eine Petroleumlampe in der Hand und blinzelte verwirrt.

»Damals im Palast meines Vaters …«, begann er, aber ich unterbrach ihn zornig.

»Hören Sie auf mit Ihren Lügengeschichten!«, rief ich. »In meinem Zimmer ist eine Kobra von fast neun Fuß Länge!«

»Wer erzählt jetzt Lügengeschichten?«, gab er gelassen zurück.

»Wie sollte ein solches Monstrum den Weg in Ihr Zimmer finden? Oder führt Ihr Herr etwa eine Menagerie mit sich?«

»O'Leary!« Seine Tür hatte sich noch nicht geöffnet. War am Ende auf uns beide ein Attentat verübt worden? Hatte der Zimmertausch nichts weiter gebracht, als ihn so elend zu töten, wie ich getötet werden sollte?

Außer mir vor Angst rannte ich zu der Tür mit meinem Namen und hämmerte daran.

»Sie sind völlig verrückt geworden!«, sagte Miss Huntington scharf. »Ihr Zimmer liegt gegenüber.«

»Ein Tausch«, keuchte ich. »O'Leary, hören Sie mich? Um Gottes Willen, geht es Ihnen gut?«

»Was ist passiert?«, rief der Bischof, der eben aus seiner Tür trat. In seinem langen, gestärkten Nachthemd und mit einer Zipfelmütze auf dem Kopf wirkte er so surreal, dass ich gelacht hätte, hätte mir nicht das Herz bis zum Hals geschlagen.

»O'Leary!«, brüllte ich noch einmal und rannte gegen die Tür an, bis mir einfiel, die Klinke zu probieren. Die Tür war nicht verschlossen. Sie schwang auf.

Miss Huntington, die langsam geneigt schien, sich von meinen verzweifelten Rufen rühren zu lassen, folgte mir und reichte mir ihre Kerze an.

Mir war klar, dass die Möglichkeit bestand, in diesem Zimmer auf eine ähnlich große Giftschlange zu treffen wie in dem gegenüber, aber meine Sorge war größer als meine Angst. Ich eilte direkt auf das Bett zu und schüttelte den Körper unter dem Laken.

»O'Leary, bitte sagen Sie etwas! Leben Sie noch?«

Zu meiner grenzenlosen Erleichterung drang ein dumpfes Grunzen unter den Kissen hervor.

Ich griff zu und schüttelte ihn an beiden Schultern.

»O'Leary, geht es Ihnen gut?«

»Bis gerade eben noch!«, erwiderte er bissig. »Da lag ich nämlich in seligem Schlummer. Das war Augenblicke, bevor Sie hier hereinstürmten wie eine ganze Horde wild gewordener Büffel und … Danny, ist alles in Ordnung? Sie sind bleich wie ein Geist!«

»Schlange«, würgte ich hervor. »In Ihrem Zimmer ist eine gigantische Kobra. Sie kroch unter der Bettdecke herum. Wenn ich schon geschlafen hätte, dann …«

O'Leary war schon aus dem Bett gesprungen und zwängte seine manikürten Zehen in meine ausgelatschten Pantoffeln. Ich bemerkte, dass er keinen meiner Pyjamas benutzte, sondern lieber im Hemd geschlafen hatte, über das er jetzt rasch meinen Morgenmantel warf.

»Sie kommt näher«, murmelte er dabei. »Sie wird ungeduldig, weil das Wochenende beinahe vorüber ist.«

Er eilte in den Flur und winkte die Übrigen heran.

»Holen Sie so viele Lampen, wie Sie auftreiben können«, ordnete er an. »Ich möchte das Zimmer taghell erleuchtet haben. Schlangen verbergen sich oft in den kleinsten Ritzen. Setzen Sie Ihren Fuß nur dann auf, wenn Sie sich vergewissert haben, dass die Kobra nicht in Reichweite ist.«

»Sollen wir wirklich um Mitternacht nach einer Schlange suchen?«, fragte Miss Huntington gedehnt. »Ich glaube eher, der junge Mann hatte einen Albtraum, möglicherweise durch die ungewohnte Kost. Als ich zum ersten Mal am Amazonas geröstete Vogelspinnen gekostet habe, die übrigens beinahe wie Fisch schmecken ...«

Mit einer knappen Handbewegung schnitt O'Leary ihr das Wort ab. »Die Lampen, bitte. Denken Sie daran, alles auszuleuchten.«

***

Schritt für Schritt näherten wir uns der Zimmertür. O'Leary riss sie weit auf, sprang einen Schritt zurück und leuchtete ins Zimmer.

Das Bettzeug lag auf dem Boden. Von einer Schlange war weit und breit nichts zu sehen.

»Sie könnte sich in eine Ecke zurückgezogen haben«, sagte O'Leary, der wie immer meine Gedanken las. Er hob die Kerze über den Kopf und machte sich daran, den Raum systematisch abzugehen. Dabei leuchtete er jeden Winkel aus, bückte sich, um unter das Bett zu sehen, und rückte den Sessel vom Tisch.

Miss Huntington und der Prinz folgten seinem Beispiel, der Bischof sah von der Tür aus zu und half mit seiner Petroleumlampe aus, wenn die anderen einander im Licht zu stehen drohten.

Als O'Leary auf den verbarrikadierten Kamin stieß, hielt er inne und nickte. Dann hob er den Sessel auf und leuchtete auch in den Kamin.

»Was ist das?«, rief der Prinz und zog einen Gegenstand aus der Lücke zwischen Bett und Wand hervor, den O'Leary beim Leuchten mit der Kerze nicht hatte entdecken können.

»Der Krückstab der Haushälterin«, meinte Miss Huntington nach einem kurzen Blick. »Sie muss ihn hier nach dem Saubermachen vergessen haben. Ich bringe ihn hinunter und lehne ihn an die Küchentür, damit die gute Frau ihn gleich morgen früh wiederfindet.«

O'Leary richtete sich ächzend auf. »Keine Spur von einer Schlange«, gab er zu. »Trotzdem denke ich nicht, dass es nur ein schlechter Traum war. Aber wohin kann sich die Schlange verkrochen haben?«

»Und wo«, warf der Prinz unvermittelt ein, »ist eigentlich Professor Figgs?«

O'Leary flog herum. »In der Tat, es ist überaus seltsam, dass er nicht schon längst hier aufgekreuzt ist. Ich dachte nicht, dass er einen noch tieferen Schlaf hat als ich. Wir werden sofort nach ihm sehen!«

In großer Eile verließen wir das Zimmer, das ich wieder fest zuklinkte, für den Fall, dass die Schlange doch noch irgendwo im Verborgenen ruhte. Wir liefen zum Zimmer des Professors und O'Leary klopfte an.

Als sich nichts rührte, rief er ein paarmal laut und klopfte erneut. Dann probierte er die Klinke. Die Tür schwang auf.

Der Prinz hob seine Petroleumlampe hoch.

»Hallo?«, rief er. »Herr Professor, ist alles in Ordnung bei Ihnen?«

Entschlossen durchquerte O'Leary den Raum.

»Das Bett ist unbenutzt«, verkündete er nach einer kurzen Inspektion. »Der Koffer ist auch verschwunden.«

»Er hat sich aus dem Staub gemacht«, mutmaßte der Bischof.

»Keineswegs«, widersprach O'Leary. »Ich habe gerade eben noch einen Blick aus dem Fenster geworfen, die Wagen stehen alle noch vor dem Haus. Wenn der Professor hätte flüchten wollen, dann hätte er diesen Versuch bestimmt nicht zu Fuß unternommen, wo ihm doch ein Wagen zur Verfügung steht.«

»Dann müssen wir ihn suchen!«, rief Miss Huntington, die zurückgekehrt war und die letzten Worte gehört hatte. »Wenn er das Gebäude nicht verlassen hat, muss er sich noch irgendwo hier befinden.«

»Ich wäre dafür, zunächst einmal seinen Bentley zu durchsuchen«, schlug O'Leary vor. »Vielleicht finden wir dort einen Anhaltspunkt, wohin er sich begeben haben könnte. Automobile sagen immer eine Menge über ihren Besitzer aus und das ist die sicherste Spur.«

Wieder einmal übernahm O'Leary das Kommando und wir folgten willig. Er durchquerte mit raschen, langen Schritten den Flur, lief die Treppe hinunter und wandte sich in der Eingangshalle zur Haustür. Mit flinken Fingern schob er den Riegel zurück, dann griff er nach dem großen Türschlüssel, der neben der Angel an einem Haken hing, und schloss auf.

Der kalte Wind, der um das Gebäude strich, ließ uns frösteln. Vom Wald her zog ein Geruch nach Blättern und Moor herüber, der Mond tauchte die Szenerie in ein fahles, unwirkliches Licht. Wir gingen über den Hof zum Bentley des Professors hinüber.

»Leuchten Sie mir«, bat O'Leary und begann den Wagen schnell und gründlich zu untersuchen. Seine Finger tasteten unter die Sitze und zwischen die Polster und schließlich öffnete er das Handschuhfach.

»Was ist das?«, rief er überrascht.

Ein kleiner, weißer Zettel flatterte hinaus wie ein lange eingesperrter Vogel.

Miss Huntington fing ihn aus der Luft.

»Die Quittung einer Autovermietung«, stellte sie fest. »Der Adresse nach befindet sie sich im nächsten Dorf. Aber warum verwahrt der Professor diesen Zettel? Wollte er seinen Wagen loswerden?«

»Das glaube ich nicht«, erwiderte O'Leary und wies mit dem Finger auf einen kleinen, sechseckigen Aufkleber, der an der Windschutzscheibe angebracht war.

»Sehen Sie? Derselbe Name. Der Professor hat den Wagen ein paar Meilen von hier gemietet, um standesgemäß vorfahren zu können. Möglicherweise wollte er verschleiern, dass er fast den gesamten Weg mit der Bahn zurückgelegt hat.«

»Das können wir auch noch später klären«, warf Bischof Cassock ein. »Wichtiger scheint mir im Augenblick zu sein, dass wir den Professor finden. Wenn er das Gelände nicht im Automobil verlassen hat und vermutlich auch nicht zu Fuß unterwegs ist, dann muss er sich noch irgendwo auf dem Gelände befinden.«

»Wir sollten uns aufteilen«, schlug Miss Huntington unternehmungslustig vor, »um das gesamte Anwesen zu durchsuchen.«

»Aber niemand geht allein«, bestimmte O'Leary. »Danny, Sie werden zusammen mit Miss Huntington den Gästetrakt durchsuchen. Wir nehmen uns die andere Seite des Gebäudes vor. Ehe Sie das Haus verlassen, warten Sie auf uns. Wir sollten uns in der Dunkelheit nur als Gruppe bewegen, das ist sicherer, weil wir nur so das gesamte Umfeld ausleuchten können. Vergessen Sie nicht, es bewegt sich dort mindestens eine riesige Kobra!«

Miss Huntington schürzte geringschätzig die Lippen. Vermutlich hatte sie auf ihren Reisen schon ein halbes Dutzend Kobras mit nichts als einer Blockflöte bezwungen. Immerhin winkte sie mir auffordernd zu und passte ihren Schritt dem meinen an, als wir zurück ins Haus liefen.

***

»Wir fangen oben an und arbeiten uns nach unten«, schlug sie vor und erstieg die ersten Stufen. »Ist über den Gästezimmern ein Dachboden?«

Ich zuckte die Achseln und dachte nach. »Wäre es logisch, dass Professor Figgs sich ausgerechnet auf dem Dachboden versteckt?«

»Wer reagiert schon logisch, wenn er von einer Kobra verfolgt wird?«, entgegnete sie und warf mir einen abschätzigen Blick zu. »Das erinnert mich an meine Zeit im australischen Busch. Dort gibt es nicht nur die tödlichsten Schlangen, sondern auch faustgroße Spinnen, die ...«

»Hören Sie auf!«, rief ich und blieb stehen. »Was bezwecken Sie eigentlich mit Ihren Gruselgeschichten? Wollen Sie als besonders harter Kerl dastehen? Oder versuchen Sie von irgendetwas abzulenken?«

Sie lachte perlend und hinderte ihr seidenes Gewand mit knapper Not daran, von ihren Schultern zu gleiten.

»Danny, Sie sind unbezahlbar«, gurrte sie. »Zu schade, dass Sie so ... überhaupt nicht interessiert scheinen.«

»Miss Huntington, wir suchen Professor Figgs«, erinnerte ich sie. »Er ist möglicherweise verletzt. Er könnte auch tot sein. Zwei

Leichen haben wir schon. Eine riesige Schlange befindet sich irgendwo auf diesem Anwesen. Angesichts der Ereignisse in diesem Haus wäre wohl niemand – *interessiert*, wie Sie zu sagen belieben.«

Enttäuscht schüttelte sie den Kopf, bevor sie weiter die Stufen hinaufstieg.

»Wir sind so unterschiedlich«, klagte sie. »Es ist doch gerade die Gefahr, die solchen Begegnungen die richtige Würze gibt! Haben Sie so etwas denn noch nie empfunden?«

Ich schluckte schwer. Nicht, weil ich mich in Versuchung fühlte, sondern weil mir in der Gegenwart von Miss Huntington mehr und mehr unwohl wurde. Möglicherweise war es ihre Art, auf die Schrecken dieses Wochenendes zu reagieren. Aber warum hatte O'Leary mich mit ihr allein gelassen? Er hätte doch wissen können, dass sie diese Gelegenheit ausnutzen würde, um mich zu foppen und zu beunruhigen.

Noch etwas anderes ging mir durch den Sinn: Als ich an O'Learys Tür geklopft hatte, hatte er nicht gewacht, um die Automobile zu beobachten. Er hatte tief und fest geschlafen. Der Zimmertausch hatte also einen anderen Grund gehabt, als ihm die Beobachtung zu ermöglichen. Er hatte nur aus dem einen Grund stattgefunden, dass mein Schlaf weniger tief war als O'Learys. Hatte er mit dem Angriff gerechnet und mich als Köder benutzt? An diesem Punkt meiner Gedanken begannen sich die Gewehre und Dolche an den Wänden um mich zu drehen.

»... mit offenen Augen?«

Miss Huntington hatte meine Schultern umfasst und schüttelte mich.

»Ich habe gefragt, ob Sie träumen! Menschenskind, was ist los? Ist Ihnen unwohl? Hat die Schlange Sie am Ende doch gebissen?«

Mühsam kam ich zur Besinnung. »Alles in Ordnung. Ich hatte nur … nachgedacht. Ich habe nicht viel geschlafen in den letzten Nächten.«

»Das haben wir alle nicht«, sagte sie versöhnlich. »Wir sind oben angekommen. Dort ist eine Klappe in der Decke, anscheinend ein Weg auf den Dachboden. Wollen wir oben nachsehen?«

»Das ist eine gute Idee«, sagte ich, entschlossen, die Initiative zurückzugewinnen. »Es muss hier irgendwo eine Leiter geben, außerdem einen Stock, um die Klappe zu öffnen.«

Sie blickte sich suchend um, lief dann zum Ende des Ganges und öffnete die geheime Tür.

»Gefunden!«, rief sie triumphierend. »Hier steht die Leiter – und daneben steht auch so ein Gerät, wie es die Schlotfeger manchmal benutzen.«

Ich eilte ihr zu Hilfe und gemeinsam schafften wir es, den Zugang zum Boden zu öffnen und die Leiter anzulegen. Während sie eine Petroleumlampe bereithielt, kletterte ich nach oben und schaute mich vorsichtig um.

»Hier ist nichts und niemand«, erklärte ich. »Nur ein paar Spinnweben, die vermutlich schon seit Jahrhunderten hängen. Ein Mensch und sogar eine Schlange hätten sie zerrissen.«

»Sind Sie sicher, Danny?«, fragte Miss Huntington von unten. »Wollen Sie nicht noch ein Stück weiter hineinklettern, nur um sicherzugehen?«

Ich tat, was sie vorschlug, um sie zu beruhigen. Aber kaum war ich einige Inches weit gekommen, als ich bemerkte, wie sich die Bodenklappe bewegte.

»Was machen Sie?«, protestierte ich. »Wollen Sie mich hier oben einsperren?«

Als ich eilig zurückkehrte und die Leiter wieder hinunterstieg, fiel mir auf, dass die sonst so tollkühne Reisende totenblass war.

»Die Nerven?«, vermutete ich.

Sie nickte. »Ich dachte, ich hätte etwas gehört. Bitte entschuldigen Sie, ich hatte nicht die Absicht ...«

»Schon gut, das kann jedem passieren!« Großzügig winkte ich ab. »Oben ist jedenfalls niemand. Sollten wir die Zimmer noch einmal durchsuchen, falls der Professor inzwischen zurückgekehrt ist?«

Miss Huntington schien sich wieder gefangen zu haben. Nachlässig stieß sie eine Tür nach der anderen auf und leuchtete hinein.

»Niemand da«, stellte sie fest. »Das hätte mich auch gewundert. Kommen Sie, wir müssen unten weitersuchen.«

Wir stiegen die lange Treppe wieder hinunter. Ich nahm dabei die Wand genauer in Augenschein, um festzustellen, ob wieder etwas verschwunden war. Aber Gewehre und Stichwaffen, Statuen und Saris waren alle geordnet, so wie sie mir beim ersten Mal in Erinnerung geblieben waren. Konnte es tatsächlich sein, dass es erst zwei Tage her war?

Miss Huntington drängte nach unten. »Die Küche!«, rief sie. »Diese indische Haushälterin ist dort drin, wenn sie nicht ebenfalls überfallen wurde. Wir sollten sie wecken!«

Das erschien mir einleuchtend. »Aber warum haben Sie das denn nicht schon getan«, fragte ich, »als Sie vorhin den Stock zurückstellten?«

Gehetzt blickte sie mich an. »Auf diese Idee bin ich gar nicht gekommen! Die Kammer ist dort hinter der Küche, Doreen hat mir davon erzählt.«

Sie war mir schon wieder ein paar Schritte voraus und klopfte an die Tür, in einem unregelmäßigen, nervösen Rhythmus. Von drinnen kam keine Antwort.

»Wenn sie einen so festen Schlaf hat wie O'Leary ...«, ächzte ich.

»Oh«, erwiderte sie. »Das hatte ich nicht bedacht. Natürlich, wenn sie schläft wie ein Murmeltier, dann können wir sie durch das Klopfen nicht wecken. Einen Versuch noch, in Ordnung?«

Noch einmal pochte sie an die Tür und lauschte auf Antwort.

»Nein«, sagte sie dann, »hier kommen wir nicht weiter. Aber da die Tür fest verschlossen ist, werden wir auch den Professor nicht hier finden. Wo geht es jetzt weiter? In der Bibliothek?«

Miss Huntington schien trotz der späten Stunde unermüdlich und ich schämte mich, weil ich immer intensiver an mein Bett dachte und die Suche, die mehr und mehr aussichtslos erschien, am liebsten abgebrochen hätte.

»Dort brennt ein Licht!«, rief sie überrascht.

Ich blickte auf. Tatsächlich, aus der Bibliothek kam ein schwacher Schimmer wie von einer Kerze. Vor Erleichterung versagte mir beinahe die Stimme. »Natürlich, der Professor ist ein Büchernarr! Er hat nicht schlafen können und ist deswegen mit einer Kerze in die Bibliothek gegangen ...«

Wir eilten auf die beiden Flügeltüren zu.

»Herr Professor!«, rief ich schon von weitem. »Sie haben uns einen furchtbaren Schrecken eingejagt! Wir dachten schon, Sie seien ...«

Ich hielt inne. Die Kerze stand verlassen auf dem Kaminsims. Davor lag ein unordentliches, dunkles Bündel.

»Vorsicht!«, warnte Miss Huntington, aber diese Warnung war überflüssig. Sehr behutsam näherte ich mich dem seltsamen Objekt. Aus den Augenwinkeln nahm ich wahr, dass Miss Huntington sich unmittelbar hinter mir befand. Ich spürte ihren Atem in meinem Nacken.

In einem Ständer am Kamin lehnte ein Schürhaken. Ich ergriff ihn und stupste damit das Bündel an. Als sich nichts regte, stocherte ich darin herum, immer auf der Hut, bei einer plötzlichen Bewegung zurückspringen zu können.

»Nur alte Kleider«, seufzte Miss Huntington erleichtert. »Sehen Sie? Dort drüben liegt der Koffer des Professors. Er muss sich geöffnet haben und dabei sind seine Sachen herausgefallen.«

Ich untersuchte das Bündel genauer und stutzte.

»Sind Sie sicher, dass dies hier dem Professor gehört?«, fragte ich und zeigte auf einen Seemannspullover und ein rotes Tuch. »Ich habe Professor Figgs nur im Anzug gesehen.«

Miss Huntington zuckte die Achseln. »Vielleicht segelt er in seiner Freizeit gern. Aber hören Sie: Wenn hier seine Sachen liegen und die Kerze noch brennt, dann muss er vor nicht allzu langer Zeit hier vorbeigekommen sein. Und er war in Eile, sonst hätte er sein Gepäck wohl wieder zusammengepackt. Er wird im Garten sein und es ist immer wahrscheinlicher, dass er Hilfe benötigt. Kommen Sie, schnell!«

Ich zögerte. »O'Leary hat angeordnet, dass wir den Garten nur als Gruppe betreten sollen.«

»Wir sind eine Gruppe!«, schnappte sie und zeigte auf sich –
»Eins« – und dann auf mich – »Zwei. Genügend Licht haben wir
auch. Also los!«

Damit stürmte sie an mir vorbei in den Wintergarten. Mir blieb
nichts anderes übrig, als die Kerze an mich zu nehmen und ihr zu
folgen.

»O'Leary!«, rief ich dabei, um die Übrigen auf uns aufmerksam
zu machen. »Bischof Cassock! Prinz Qazim! Wir sind hier unten!«

»Ich glaube nicht, dass man Sie so weit hören kann«, bemerkte
Miss Huntington spitz. »Dafür schreien Sie mir in die Ohren. Lassen Sie uns den Garten allein durchsuchen, damit sparen wir Zeit.
Die anderen werden sich sicher melden, wenn sie etwas gefunden
haben.«

Ich biss mir auf die Lippen, hielt aber mit ihr Schritt.

***

Der Garten sah im Mondlicht vollkommen verändert aus. Die Far-
ben waren verschwunden, das lebhafte Rot und Violett der Blüten
war einem stumpfen Grau gewichen, das Grün der Blätter schim-
merte bläulich und in allen Ecken lauerten schwarze Schatten. Es
war so still, dass ich meine Hausschuhe im Kies knirschen hörte.
Entgegen Miss Huntingtons Vorhersage erleuchtete ihre Petroleumlampe kaum den engsten Umkreis und meine Kerze, die ich
zusätzlich vor dem Wind schützen musste, war vollends nutzlos.

»Lassen Sie uns auf die anderen warten«, drängte ich. »O'Leary
wird gleich hier sein und es ist zu gefährlich, im Dunkeln herum-
zustolpern.«

Als hätte ich ein Stichwort gegeben, trat Miss Huntington in diesem Moment auf einen bemoosten Stein, stieß einen spitzen Schrei aus und fiel rücklings in ein Beet. Die Petroleumlampe schleuderte in hohem Bogen davon, bis sie auf dem Rasen aufprallte und mit einem scheppernden Geräusch noch ein kurzes Stück weiterrollte, bis sie zum Stillstand kam und erlosch.

»Miss Huntington«, rief ich, während ich mich so schnell vorantastete, wie ich es mit der empfindlichen Kerzenflamme wagte, »bleiben Sie, wo Sie sind! Ich versuche die Lampe zu erreichen und wieder zu entzünden!«

»Ach was«, erwiderte sie. »Ich habe Augen wie ein Luchs. In der Sahara trug ich den Ehrennamen *Nachtauge*, weil ich ...«

»Hören Sie doch endlich auf zu schwadronieren!«, unterbrach ich sie wütend. »All Ihre Heldengeschichten helfen niemandem weiter. Ich befehle Ihnen, sich nicht von der Stelle zu rühren, bis ich mit der Lampe bei Ihnen bin!«

»Als ob ich verpflichtet wäre, von Ihnen Befehle entgegenzunehmen ...«, spottete sie und ihre Stimme schien sich dabei immer weiter zu entfernen.

Aus einem der oberen Fenster des Hauses glomm ein schwacher Lichtschein. Ich hob die Kerze und schwenkte sie langsam hin und her, immer darauf bedacht, die Flamme zu schützen. Als Antwort bewegte sich auch der Lichtschein.

»Miss Huntington«, rief ich, »warten Sie doch! Die anderen sind schon unterwegs.«

Statt einer Antwort schrie sie erneut auf, dieses Mal voller Entsetzen.

»Danny, kommen Sie rasch!«, rief sie. »Hier herüber, zum Ententeich. Ich glaube, ich habe den Professor gefunden.«

Ich wandte mich um und lief, so schnell ich konnte, ihrer Stimme nach.

»Vorsicht, fallen Sie nicht in den Teich!«, rief sie, indem sie sich an dem schwachen Schimmer meiner Kerze orientierte. »Ein Stück nach links! Hier liegt er.«

Trotz ihrer Warnung wäre ich beinahe über den Körper des Professors gestolpert. Miss Huntington drehte ihn gerade auf den Rücken, knöpfte in fieberhafter Eile sein Jackett auf und lockerte seinen Kragen. Aber sämtliche Rettungsmaßnahmen kamen zu spät. Wir fühlten keinen Puls, spürten keinen Atem – der Professor war tot.

***

Noch während wir uns um ihn bemühten, kamen O'Leary und Prinz Qazim quer durch den Garten zu uns gelaufen, beide mit großen Sturmlaternen aus der Remise ausgerüstet.

»Warum haben Sie nicht gewartet?«, rief O'Leary vorwurfsvoll.

»Entschuldigen Sie bitte«, erwiderte Miss Huntington. Sie richtete sich auf. Ihre Stimme klang ungewöhnlich erschüttert, im Laternenlicht erkannte ich, dass sie sehr bleich geworden war. »Natürlich war es fahrlässig von uns, einfach loszustürmen, aber nachdem wir den Koffer des Professors in der Bibliothek gefunden hatten, glaubten wir, dass jede Sekunde zählte. Offensichtlich sind wir trotzdem zu spät gekommen. Wo ist der Bischof?«

O'Leary blickte zu Qazim, doch der zuckte die Achseln. »Er murmelte etwas beim Heruntergehen. Es hörte sich an, als hätte er ein, hm, allzu menschliches Bedürfnis.«

»Dann nimmt er sich sehr viel Zeit«, bemerkte O'Leary. »Aber zunächst haben wir hier Dringenderes zu tun. Bitte treten Sie zurück! Daniel, haben Sie den Körper bewegt? Dann helfen Sie mir bitte, Professor Figgs in seine Ausgangslage zurückzudrehen. Da wir sein Leben nicht mehr retten können, sind wir doch zumindest verpflichtet, die Umstände seines Todes aufzuklären.«

Ich hockte mich zu ihm und mit gemeinsamer Anstrengung drehten wir den toten Körper so, dass er zu den geknickten Grashalmen und Zweigen passte. Aber was war das? Ich hatte gesehen, dass Miss Huntington den Professor bewegt hatte, um ihn auf den Rücken zu drehen. Ich wusste auch aus ihren Erzählungen, dass ihre körperlichen Kräfte nicht zu unterschätzen waren. Aber nun stutzte ich doch. Sie hatte den Körper ganz allein komplett herumgedreht, und zwar während der kurzen Zeit, in der ich auf dem Weg zu ihr gewesen war. Warum hatte sie nicht gewartet und sich helfen lassen?

Als ich verwundert aufschaute, sah ich O'Learys nachdenklichen Blick. Unauffällig legte er den Zeigefinger auf die Lippen. Ich verstand und schwieg. Langsam schoben wir den Körper wieder in seine Ausgangsposition, wobei wir uns bemühten, keine Spuren zu vernichten. Dann erhob sich O'Leary wieder und suchte nach den wenigen Trittspuren, die wir durch unser überstürztes Herankommen noch nicht zerstört hatten. Er runzelte die Stirn, kräuselte die Lippen.

»Bemerkenswert«, sagte er.

»Was denn?« Miss Huntington war herangekommen und schaute neugierig über seine Schulter.

»Sehen Sie: Hier und dort drüben müssen die Trittspuren des Professors sein, denn wir tragen alle nur Hausschuhe und dies sind die Abdrücke von festen Schuhen, wie der Professor sie an den Füßen hat. Dies ist der linke Schuh und dort sieht man den rechten.«

Miss Huntington begriff sofort. »Sie sind ungewöhnlich weit auseinander, nicht wahr? Könnten wir dazwischen gleich zwei Abdrücke übersehen haben? Oder hüpfte der Professor vielleicht, aus welchem Grund auch immer?«

»Nein«, erwiderte O'Leary, während er langsam durch den nächtlichen Garten ging. »Er rannte. In der Bibliothek stellte er seinen Koffer und die Kerze ab, weil er nach etwas suchte. Vermutlich hat er es gefunden, denn er nahm seinen Koffer wieder auf. Und dann passierte etwas. Etwas, das ihn über alle Maßen entsetzte. Er ließ den Koffer fallen, vergaß die Kerze und rannte um sein Leben, mit großen Sprüngen, während er sich immer wieder panisch umschaute – denn hier ist ein weiterer Abdruck, der ein wenig zur Seite verrissen ist. Aber er war nicht schnell genug. Das, vor dem er davonzulaufen versuchte, war schneller und hat ihn erreicht. Ich nehme an, es waren mehrere.«

»Mehrere – was?«, fragte Qazim erregt.

Mir lief ein Schauer über den Rücken, denn ich glaubte, es erraten zu haben.

Sie kommt! Sie kommt! Kein Spalt ist ihr zu eng!

»Aber das ist nicht das Einzige, was ich bemerkenswert finde«, fuhr O'Leary fort und ging zurück zu der Leiche des Professors, neben der er sich ins Gras hockte und einen der toten Arme anhob, um die Manschette zurückzustreifen.

»Oh Danny Boy, könnten Sie einmal herkommen und den anderen sagen, was Sie hier sehen?«

Ich gehorchte – und starrte perplex auf das Handgelenk des Toten, in dessen Haut eine Rose eintätowiert war.

9. DAS ENDE EINES MEISTERDIEBS

Offensichtlich«, sagte O'Leary, »haben wir es hier mit einem alten Bekannten zu tun. Dies ist nicht Professor Figgs. Es ist Rhosyn, der Meisterdieb, vor dem der Detective Inspector Colonel Banks gewarnt hat.«

»Wie ist das möglich?«, rief Miss Huntington.

Auch Qazim gab einen überraschten Laut von sich und kam näher.

»Das kann nicht sein!«, protestierte ich. »Zufällig weiß ich, dass in Oxford tatsächlich ein Professor Basil Figgs lehrt. Ich habe einen seiner Aufsätze in einer Fachzeitschrift gelesen – na ja, eher überflogen, denn ...«

»Selbstverständlich existiert Professor Figgs«, unterbrach O'Leary. »Das ist es ja, was den Plan so schlau machte. Rhosyn hat sich niemals wie ein gemeiner Dieb eingeschlichen, seine Pläne waren immer von ausgesuchter Raffinesse. Danny, fassen Sie mal mit an. Meisterdieb oder nicht, wir können ihn nicht hier draußen auf dem Rasen liegen lassen. Am besten wird es sein, wenn wir ihn in den Keller tragen und in dem Raum unterbringen, in dem auch der Colonel liegt.«

Qazim und Miss Huntington ergriffen die Sturmlaternen und so gingen wir wie ein Trauerzug vom Garten ins Haus zurück, nur mit dem Unterschied, dass kein Priester für die Seele des Verstorbenen betete. Stattdessen berichtete O'Leary von den tollkühnen Verbrechen Rhosyns, ein Nachruf, der ihm gewiss lieber gewesen wäre.

»Auf seine Art«, erzählte O'Leary mit samtweicher Stimme, »war er ein Künstler. Nach seinem ersten Raubzug beim Bischof von Llandaff setzte er sich die Juwelen von Lowri Robertson, der berühmten Filmdiva, in den Kopf, das Diadem, das sie als Kameliendame trug, das Medaillon aus ihrer Rolle der Dame in Weiß, und vor allem den Solitär, den ihr ein Scheich verehrt hatte. Es muss Monate gedauert haben, diese kühne Tat vorzubereiten. Jedenfalls bekam die Diva eine unwiderstehliche Rolle angeboten: die der Marie Antoinette, der verwöhnten, tragischen Herrscherin Frankreichs. Der Regisseur, dessen Name im Filmgeschäft nicht unbekannt ist, schlug ihr vor, ihren eigenen Schmuck mitzubringen.«

»Und sie tat es?« Miss Huntington amüsierte sich königlich. »Wie kann man nur so dumm sein?«

»Sie tat es natürlich nicht«, fuhr O'Leary fort, »sondern suchte umgehend ihren Juwelier auf, um sich Duplikate anfertigen zu lassen. Dessen Sekretärin, eine elegante, ältere Dame, nahm den Schmuck entgegen und überreichte ihr die Auftragsbestätigung. Als sie die Duplikate zwei Tage später wieder abholen wollte, war der Schmuck spurlos verschwunden. Weder die Sekretärin noch der Juwelier wussten etwas von dem Auftrag, so wenig wie der Regisseur von dem Filmangebot. Bald darauf erhielt Miss Robertson allerdings ein kleines Etui, in dem sich eine emaillierte Brosche befand – in der Form einer schwarzen Rose.«

»Ein Rätsel«, stieß Qazim hervor und hob die Laterne, um die Kellertreppe auszuleuchten.

»Keineswegs«, erwiderte O'Leary. »Das Filmangebot war natürlich gefälscht. Der Juwelier hatte an diesem Tag aus betrieblichen Gründen geschlossen. Daher musste Rhosyn lediglich die Gestalt der Sekretärin annehmen, was ihm umso leichter fiel, als diese Dame sich aufgrund ihres fortschreitenden Alters stark schminkte – und, unmittelbar bevor Miss Robertson vor dem Geschäft in Sicht kam, die Tür mit einem Nachschlüssel öffnen. Elegant, nicht wahr? Und so typisch für ihn. Anstatt bei der Diva einzubrechen, inszenierte er sein eigenes kleines Theaterstück – und konnte noch *ganz nebenbei* den Juwelierladen leer räumen. Allerdings hat er – ganz nach seiner Art – nur ausgewählte Stücke mitgenommen.«

»Man könnte fast glauben, Sie bewunderten ihn«, spöttelte Miss Huntington.

»Ich bewundere jeden ebenbürtigen Gegner«, erklärte O'Leary. »Es ist nur schade, dass er am Ende seiner Karriere so unaufmerksam war.«

»Sie meinen, weil er tot ist?«, fragte Miss Huntington.

»Nein – der Tod trifft irgendwann jeden von uns, so ist er letztlich immer unvermeidbar. Ich meine, weil er diesen letzten Auftritt nicht gründlich genug vorbereitet hatte. Ich war ihm von Anfang an auf den Fersen und hätte ihn niemals mit dem Juwel entkommen lassen.«

»Tatsächlich?«, zweifelte Qazim. »Ich fand ihn wirklich überzeugend.«

»Das war er auch – zunächst«, bestätigte O'Leary. »Wie es Rhosyns Art war, hatte er, sobald ihm das Schmuckstück ins Auge gefallen war, mehrere Monate mit der Vorbereitung zugebracht. Er sammelte Informationen über den Colonel und über Levett House und kam anscheinend zu dem Ergebnis, dass der Colonel sich niemals, unter welchem Vorwand auch immer, von diesem Gemäuer oder von seinem Schatz trennen würde. Es gab also nur einen einzigen Weg: Er musste sich eine Einladung verschaffen. Sehr behutsam begann er den Colonel zu provozieren, indem er verschiedene Zeitungsartikel platzierte, in denen die Qualität und der Wert seiner Juwelensammlung angezweifelt wurde.

Colonel Banks war keineswegs so selbstsicher, wie er sich aufführte. Er begann auf diese Herausforderung zu reagieren und schließlich kam er wie von selbst auf die Idee, einige handverlesene Fachleute einzuladen, um seine Sammlung begutachten zu lassen. Nun, an wessen Stelle hätte Rhosyn erscheinen können? Gewiss nicht an meiner ...«

O'Leary wartete Miss Huntingtons als Hüsteln getarntes Auflachen ab, bevor er hinzusetzte: »Ich pflege niemals allein zu reisen und Danny kennt mich bereits zu genau, um sich von Rhosyn täuschen zu lassen. Auch an der Stelle unserer geschätzten Miss Huntington konnte er nicht erscheinen, denn sie ist eine junge Frau, und auch wenn er in der Lage war, sich für eine kurze Zeit als Dame auszugeben, wäre ihm dies nicht über ein ganzes Wochenende gelungen.

Prinz Qazim war eine unbekannte Größe. Angeblich reiste er ja direkt aus dem Punjab ein, es lagen keine Berichte über ihn vor. Möglicherweise wäre dies Rhosyns Wahl gewesen, aber er musste damit rechnen, dass der Prinz einen Hofstaat mit sich führte. Wir wissen, warum er dies nicht tat, aber Rhosyn konnte es nicht wissen.

Es blieben also noch der ehrenwerte Bischof und der zurückgezogen lebende, stotternde Gelehrte. Der echte Professor Figgs ist ein bescheidener Mensch ohne besondere Ansprüche und vor allem ohne Fahrkenntnisse, wie aus dem Vorwort seines Buchs hervorgeht. Er plante daher, mit der Eisenbahn anzureisen.

Erinnern Sie sich noch, oh Danny Boy? Ein Bahnbeamter an der Strecke nach Southampton sah die tätowierte Rose aufblitzen. Rhosyn kaufte ein Ticket, stieg ein und setzte sich in das Abteil des Professors. Dort überrumpelte er den Gelehrten, betäubte ihn und stahl seine Kleidung. Anschließend verließ er in aller Seelenruhe den Zug, eine Haltestelle vor seinem Bestimmungsort, mietete ein Automobil, um für seine Flucht beweglicher zu sein, und fuhr nach Levett Manor.«

»Was geschah mit dem wirklichen Professor Figgs?«, fragte ich. »Ist er tot?«

O'Leary schüttelte den Kopf. »Das glaube ich nicht. Vielmehr denke ich, dass der wirkliche Professor bewusstlos bis zur Endstation mitfuhr, wo er ohne Zweifel von einem Schaffner entdeckt wurde. Aber da er verwirrt und zudem noch entkleidet war, keine Papiere und keine Fahrkarte vorweisen konnte, glaubte gewiss niemand seinen Beteuerungen, ausgeraubt worden zu sein. Das sind natürlich nur Vermutungen. Wir werden den Constable fragen, in welcher Stadt sich die Endstation der Bahnlinie befindet, und uns mit der dortigen Polizei in Verbindung setzen – vielleicht auch mit den Sanatorien, denn möglicherweise wurde der Professor, aufgebracht und verwirrt, wie er war, nicht als Straftäter, sondern als entflohener Irrer behandelt. Wie dem auch sei, ich bin sicher, wir werden ihn ausfindig machen und ihm sein Eigentum zurückerstatten können.«

»Eine unglaubliche Geschichte«, sagte Qazim. »Ich bin nur froh, dass Rhosyn nicht auf mich verfallen ist, als er sich ein Opfer suchte. Allein, verwirrt, ohne Kleidung an einem fremden Ort aufzuwachen ...«

»Als ich durch den Osten Afrikas reiste ...«, begann Miss Huntington, aber sie brach ab. »Nun, wenn es Sie interessiert«, fügte sie mit einem Seitenblick auf mich hinzu, »dann können Sie es immer noch in meinen Reiseberichten nachlesen. Im Augenblick interessiert mich viel mehr, wie Sie, O'Leary, dem Meisterdieb auf die Schliche gekommen sind.«

O'Leary, der den Toten inzwischen mit meiner Hilfe neben dem Colonel aufgebahrt hatte, wischte seine Finger sauber und zählte daran ab: »Sein erster Fehler, wie bereits gesagt, war das Automobil. Ich interessiere mich sehr für Fahrzeuge und dieses nagelneue, prächtige Gefährt passte nicht zu dem Professor Figgs, den ich aus Büchern und Artikeln kannte. Selbst wenn man in Betracht zog, das manche, im Grunde schüchterne Menschen große Automobile bewegen, um jemandem zu imponieren, stellte sich immer noch die Frage, wann und wo der stille Gelehrte das Fahren gelernt hätte. Außerdem spukte mir der Bericht des Bahnbeamten durch den Kopf und so wurde ich misstrauisch.

Dazu kam die Kleidung: Trotz der Hitze, unter der wir alle gelitten haben, trug der Professor immer ein langes, mit Manschettenknöpfen fest um die Handgelenke geschlossenes Hemd – auch noch immer ein- und dasselbe, wohl das einzige, das ihm passte – und darüber ein Jackett, das ein wenig eng saß, jedenfalls enger, als es der Mode entspricht. Nun, auch ein Mensch, der sich nicht viel aus der Mode macht, wird doch immerhin auf Bequemlichkeit achten.

Als ich nun den Verdacht hatte, habe ich dem vorgeblichen Professor eine Falle gestellt, gleich bei unserer ersten Begegnung. Ich fragte ihn, ob man den Dsulfiquar zu den Faustdolchen rechnen könne, und verwies auf das Fehlen der typischen Klingenverbreiterung – was selbstverständlich kompletter Unsinn ist, denn der Dsulfiquar ist ein indischer Säbel. Als Fachmann für indische Waffen hätte er das wissen müssen. Er spürte wohl mein Misstrauen und versuchte mir aus dem Weg zu gehen.«

»Und warum ist er wohl mitten in der Nacht aufgebrochen?«, wollte ich wissen, während wir wieder auf dem Weg nach oben waren.

»Ich sagte Ihnen gestern Abend«, entgegnete O'Leary, »dass ich damit rechnete, dass jemand abreisen würde. Der Einzige, der sich nur gezwungenermaßen zum Bleiben entschloss und viel lieber das Weite gesucht hätte, war Rhosyn alias Professor Figgs. Er reiste nur deswegen nicht sofort ab, weil er fürchtete, sich verdächtig zu machen. Aber sobald es im Gang ruhig geworden war, packte er seine Sachen zusammen und versuchte zu verschwinden. Deswegen – nur deswegen, Danny – wollte ich die Zimmer tauschen. Ich habe zwar einen überaus festen Schlaf, habe mich aber auf bestimmte Geräusche trainiert. Die Schritte im Hof und das Anlassen eines Automobils hätte ich sofort gehört. Und außerdem hatte ich sicherheitshalber die Luft aus den Reifen gelassen – nur für den Fall, dass Rhosyn sich als flinker erweisen würde als ich es bin.«

Er wartete, bis auch Qazim durch die Tür getreten war und schloss sie sorgfältig.

»Eine letzte Frage habe ich noch«, sagte Qazim. »Was wollte Rhosyn in der Bibliothek?«

O'Leary lachte grimmig. »In diesem Punkt war er mir über. Ich hatte damit gerechnet, dass er den Smaragd stehlen und sofort verschwinden würde. Aber er ging viel gerissener vor. Er durchsuchte die Bibliothek, vermutlich schon am ersten Tag und noch einmal nach dem Tod des Colonels. Niemand schöpfte Verdacht, da er ja einen Gelehrten darstellte, für den es ganz natürlich ist, in Bücherregalen herumzuwühlen. Sogar ich nahm zu diesem Zeitpunkt an, dass er nur in seiner Rolle aufging. Als er die Schatulle fand, entnahm er lediglich den einen Stein, denn an allen anderen Schätzen war ihm nichts gelegen. Und anstatt das Juwel an sich zu nehmen, versteckte er es einfach an einem anderen Ort. Nachdem wir die Schatulle gefunden hatten, suchten wir nicht mehr weiter, das war unser Fehler. Das Juwel war die ganze Zeit da – in der Nähe des Kamins, vielleicht sogar darin auf einem Vorsprung. Verstehen Sie – eben das war sein Wesen. Er wählte nie den logischeren, sondern immer den dramatischeren Weg. In dieser Nacht nun wollte er es holen und damit verschwinden. Aber gerade als er die Bibliothek verlassen wollte, ging etwas auf ihn los.«

»Eine riesige Kobra«, sagte ich mit plötzlicher Sicherheit. »Ich habe nicht geträumt und mir nichts eingebildet. Die Kobra hat Rhosyn verfolgt und getötet und danach kam sie über die Regenrinne hinauf in das Zimmer, in dem ich schlief.«

»Unsinn!«, rief Miss Huntington. »Sie sagten doch, Sie hätten die Tür fest verschlossen.«

»Ich weiß nicht, wie es möglich war«, erwiderte ich, »aber ich bin absolut sicher, dass es sich so und nicht anders abgespielt hat. Die Schlange ist riesig, aber der kleinste Spalt genügt ihr.«

O'Leary nickte. »Wir werden Rhosyns Körper auf Schlangengift überprüfen lassen und auch den des Colonels.«

***

Nun standen wir wieder im Salon versammelt. Miss Huntington ließ sich in einen der Sessel am Kamin fallen und zog die Füße an, was ihr das Aussehen eines kleinen, erschöpften Kindes gab. Qazim bemühte sich um eine gerade Haltung, aber in seinem bunten Flanellpyjama machte er dennoch nicht viel her. O'Leary schließlich wanderte, die Hände hinter dem Rücken verschränkt, unruhig auf und ab.

»Wo ist der Smaragd jetzt?«, fragte er plötzlich. »Rhosyn trug ihn bei sich, als er starb. Und was geschah dann mit dem Stein? Miss Huntington, Sie waren als Erste bei dem Toten und haben ihn bewegt.«

»Ja, natürlich«, entgegnete sie. »Als wir im Garten über ihn stolperten, war es stockdunkel. Ich konnte nicht entscheiden, ob er bereits tot oder nur verletzt war, deswegen habe ich ihn auf den Rücken gedreht und Wiederbelebungsmaßnahmen eingeleitet. Mister Ffordes hier ist mein Zeuge. Ich habe das Jackett und das Hemd geöffnet, aber den Edelstein habe ich dabei nicht gefunden. Dafür fand ich …«

Sie zögerte einen Augenblick, bevor sie sich einen inneren Ruck gab und aus der Tasche ihres Morgenmantels ein Etui hervorzog und es O'Leary hinhielt.

»Ich fand das hier und steckte es ein. Mir ist klar, dass ich kein Recht hatte, es an mich zu nehmen, aber ich war verwirrt und ängstlich und … Ich bitte um Verzeihung. Glauben Sie mir, wenn ich Ihnen versichere, dass ich weder hineingesehen noch irgendetwas entnommen habe?«

O'Leary erwiderte nichts. Er drehte das Etui aufmerksam hin und her, dann öffnete er den Verschluss, nahm ein Teil nach dem anderen heraus und legte es, gut für uns alle sichtbar, auf den Tisch.

»Ein falscher Schnurrbart und ein Döschen mit Mastix, um ihn anzukleben. Theaterschminke zum Verändern der Hautfarbe. Und – was ist das? Es sieht aus wie halbierte Glasaugen.«

»So etwas Ähnliches habe ich schon einmal gesehen«, sagte Qazim. »Man setzt es auf die Augen, um für kurze Zeit die Brille zu ersetzen. Aber wieso sind diese Exemplare bemalt?«

O'Leary setzte eins der Glasaugen auf seinen Finger. »Damit kann man seine Augenfarbe verändern«, stellte er fest. »Eine raffinierte Technik! Und was haben wir hier?«

Er zog einen kleinen Kasten hervor und klappte ihn auf. Die Innenseite war gepolstert. »Hier kann man noch die Abdrücke des Smaragds erkennen«, sagte er leise.

»Aber ich habe ihn nicht genommen!«, rief Miss Huntington leidenschaftlich. »Das können Sie mir glauben, sonst wäre ich doch gar nicht mehr hier! Was … was ist mit Bischof Cassock? Warum ist er immer noch nicht zurückgekommen?«

Als habe sie ein Stichwort gegeben, hörten wir von draußen das Geräusch einer startenden Maschine, gleich darauf das charakteristische Tuckern eines Motorrads, das Fahrt aufnahm. O'Leary reagierte sofort, stürmte zur Haustür und riss sie auf. Qazim und ich folgten ihm auf dem Fuß, aber wir kamen alle drei zu spät und sahen im ersten Dämmerlicht den Bischof nur noch von hinten, während sein Motorrad über die Einfahrt und durch das Tor knatterte. Bischof Cassock drehte sich noch einmal um und blickte zurück – ein unheimlicher Anblick, da die Fliegerbrille seine Augen verdeckte und der lange Schal wie eine Kette Fledermäuse hinter ihm her wehte. Dann gab er Gas, bückte sich tief über den Lenker und raste davon.

»Die Royal Enfield«, sagte O'Leary verbittert.

»Was?«, erkundigte ich mich.

»Als wir vorhin in der Remise suchten, habe ich die Maschine gesehen. Eine wunderbare, nagelneue, dunkelgrüne Royal Enfield mit goldenem Schriftzug, dazu ein auf Hochglanz polierter Seitenwagen. Schicker Fasstank, Beinschutz, Ballonhupe … Ich habe mich noch gefragt, wem das Schmuckstück gehört! Eine ganz wunderbare Maschine, oh Danny Boy! Wahrscheinlich ist dies doch die einzig elegante Art zu reisen.«

In seinem entrückten Blick konnte ich meine nahe Zukunft lesen. Ich fragte mich nur, ob ich mich mit der Royal Enfield schneller anfreunden würde als mit dem Lancia – und wo ich auf der nächsten Fahrt O'Learys Gepäck verstauen sollte.

»Hat er den Smaragd?«, fragte Qazim.

»Nein … allerdings bin ich überzeugt davon, dass er die übrigen Sachen aus der Schatulle an sich genommen hat«, erklärte

O'Leary und schüttelte den Kopf. »So etwas von einem Mann der Kirche!«

»Ich hoffe nur, er lässt den Schmuck nicht zu Altarkreuzen umarbeiten«, warf Qazim finster ein.

»Dazu werden wir ihm keine Gelegenheit lassen«, sagte O'Leary. »Sobald die Polizei eingetroffen ist, kann ich eine äußerst präzise Beschreibung des Fluchtfahrzeugs geben.«

***

Im Zwielicht kam ein Mann durch die Auffahrt. Am Gang erkannte ich Mister Satterthwait, den Aussteiger und Farmer, der, die Hände in den Taschen seines unvermeidlichen weißen Leinenanzugs vergraben, mit ruhigen Schritten näherkam. Er nickte grüßend in die Runde.

»Mister O'Leary«, sagte er dann, »wie Sie mich gebeten haben, habe ich alle zwanzig Minuten versucht, den Detective Inspector aus Southampton zu erreichen, und vor einer halben Stunde habe ich ihn erwischt.« Zu uns gewandt, fügte er hinzu: »Ich bin im Dorf nämlich der Einzige, der über einen Telefonanschluss verfügt.«

»Sehr gut«, lobte O'Leary. »Was hat er gesagt?«

»Zuerst hat er geflucht, weil er gerade erst vom Angelausflug zurückgekehrt war und den Koffer noch in der Hand hielt. Aber ich habe ihn ins Bild gesetzt und er macht sich sofort auf den Weg. Constable Hartfield wartet am Bahnhof auf ihn und kommt mit ihm rauf.«

»Den haben Sie also auch mobilisiert? Alle Achtung!« O'Leary strahlte über das ganze Gesicht.

Satterthwait lächelte sein knappes Lächeln. »Es war ja in den letzten Tagen ordentlich was los bei Ihnen. Nur schade, dass Sie dabei nicht die Zeit gefunden haben, den Tod meiner Molly aufzuklären.«

Ich zuckte zusammen, weil mir etwas einfiel. »Die Schafe! O'Leary, ich sollte Sie unbedingt an Bischof Cassocks Schäflein erinnern!«

Drei Augenpaare blickten verblüfft und verständnislos auf mich, bis O'Leary sich mit der flachen Hand vor die Stirn schlug. »Hervorragend, oh Danny Boy! Die Schäflein – das ist das letzte Stück im Puzzle. Verkürzen Sie Mister Satterthwait die Wartezeit, während wir« – er deutete auf Qazim und sich selbst – »noch einmal die Bücherei aufsuchen. Es gibt da etwas, über das ich mir Klarheit verschaffen möchte.«

Satterthwait blickte den beiden nach, wie sie in eifrigem Gespräch verschwanden.

»Wissen Sie's?«, fragte er.

»Was?«

»Wer meine Molly auf dem Gewissen hat. Sie war nur ein Schaf, aber wenn ich daran denke, wie sie zugerichtet war ... vollkommen ausgeweidet, die Gedärme verbrannt ... Die Leute im Dorf glauben mitunter noch an Werwölfe und Wiedergänger. Ich hätts fast auch getan, als ich Molly sah.«

»O'Leary weiß, wer es war«, sagte ich, so tröstlich ich konnte. »Wahrscheinlich war das der Grund, weshalb ich ihn an die Schafe erinnern sollte – er hat Ihren Fall schon längst gelöst, aber es kam so vieles dazwischen. Heute Nacht ist schon wieder jemand gestorben und der Bischof ist ausgekniffen.«

»Du lieber Himmel! Wie viele sind Sie denn noch?«

Ich überlegte. »O'Leary und ich, natürlich, und der falsche Prinz – er heißt eigentlich Arman Ramakrishnan. Miss Huntington saß eben noch im Salon. Doreen und Fathoms sind bei Doctor Northcombe zur medizinischen Behandlung, also bleibt vom Personal nur die Haushälterin Mani. Wir sind nur noch zu fünft.

Ein knappes Lächeln kräuselte seine Mundwinkel. »Ich schätze, das verringert den Kreis der Verdächtigen.«

»Wenn es nur so einfach wäre«, stöhnte ich. »Die ganze Angelegenheit erscheint mir immer mysteriöser. Aber O'Leary wird diesen Fall lösen, so wie er es immer tut.«

Ich fröstelte, weil ich außer O'Learys Pyjama nur einen dünnen Morgenmantel trug.

Satterthwait wandte sich ab und blickte zur Einfahrt. Wir warteten eine Weile schweigend, jeder in seine eigenen Gedanken versunken. Allmählich wurde es heller und der Garten erwachte zum Leben. Die Vögel begannen zu singen, die Enten glitten quakend in den Teich und begannen mit der Futtersuche, und endlich ließ auch der Pfau seinen heiseren Schrei erklingen.

Als hätte er ein Echo, ertönte genau in diesem Moment ein markerschütternder Schrei aus dem Inneren des Hauses. Eine Frauenstimme schrie in rasender Angst. Noch während wir hineinstürmten, hörten wir Türen schlagen und wussten, dass auch O'Leary und Qazim auf dem Weg waren. In der Eingangshalle trafen wir zusammen.

»Zur Küche!«, rief O'Leary und wir schlugen diesen Weg ein.

Als wir vor der weit geöffneten Küchentür zum Stehen kamen, erblickten wir ein Bild des Schreckens: Miss Huntington, mit wachsbleichem Gesicht und panisch aufgerissenen Augen, kauerte in der äußersten Ecke zwischen dem Spülbecken und dem Herd und hatte die Arme schützend über der Brust gekreuzt. Ihr gegenüber lauerte eine gigantische Kobra, den Oberkörper drohend erhoben, den Nackenschild gespreizt. Sie schwankte mit dem Kopf hin und her und stieß zischende Laute aus.

»Das Fauchen aus dem Kamin«, wisperte ich. »Es war die Schlange.«

Die Kobra hatte unsere Ankunft bemerkt. Sie züngelte heftig und wandte sich nun abwechselnd in beide Richtungen, um uns zu beobachten.

»Gehen Sie zurück – alle«, befahl O'Leary mit gesenkter Stimme. »Daniel, ich brauche etwas, um das Tier in Schach zu halten. Eine Schlinge. Zur Not einen Schürhaken mit einer Öse im Griff.«

»An den Wänden hängen Pistolen«, schlug ich vor, während ich mich behutsam rückwärts bewegte. »Vielleicht finden wir die passenden Patronen. Wir müssen das Tier erlegen!«

O'Leary lachte trocken. »Auf gar keinen Fall! Dies ist unser einziger Zeuge.«

Qazim schien ihn nicht gehört zu haben. Wie hypnotisiert starrte er in die Pupillen der riesigen Schlange. Ich griff nach seinem Handgelenk.

»Eine Schlinge!«, wiederholte ich. »Suchen Sie nach einer Peitsche.«

»Gute Idee«, flüsterte O'Leary.

»Oder ein langer Draht«, überlegte Satterthwait.

»Ich habe welchen im Wintergarten gesehen«, gab ich zurück.

Leise, mit gedämpften Schritten, verteilten wir uns und machten uns auf die Suche. Während ich mich Inch für Inch von der Tür zurückzog, hörte ich, wie O'Leary Miss Huntington zuflüsterte: »Bleiben Sie so ruhig wie möglich und ...«

»Ich weiß das«, hauchte sie. »Als ich in Siam war, attackierte mich eine Königskobra, die ...«

»... und halten Sie vor allem den Mund«, beendete er ungerührt, ohne die Stimme zu erheben. »Warum haben Sie das Tier gereizt?«

Ihre Antwort konnte ich nicht mehr verstehen, aber sie schien nicht weniger zu fauchen als die Kobra.

***

Wir trafen zur selben Zeit wieder ein, Satterthwait mit einem Schürhaken, ich mit einer Rolle festen Drahts und Qazim mit einem Dolch, falls, wie er entschuldigend murmelte, es doch notwendig werden würde, die Schlange zu töten.

Wir nutzten den Dolch, um eine Armlänge Draht von der Rolle zu schneiden, knoteten daraus eine Schlinge und befestigten sie am Schürhaken. Währenddessen stand es in der Küche noch immer unentschieden. Miss Huntington war verstummt und bemühte sich, nicht zu zittern. O'Leary stand aufrecht und bewegungslos wie eine Statue und die Schlange wiegte den Kopf hin und her, vielleicht ein wenig schneller als zuvor.

O'Leary streckte die Hand nach der Waffe aus.

»Miss Huntington«, sagte er, »ich werde versuchen, mich zwischen Sie und die Schlange zu schieben. Sobald sie abgelenkt ist, machen Sie sich auf den Weg zur Tür, aber vorsichtig und Schritt für Schritt.«

»Verstanden«, erwiderte sie, inzwischen vollkommen gezähmt.

»Danny, halten Sie die Dame fest, wenn sie vorbeikommt. Ich möchte nicht, dass es zu Unfällen kommt.«

»Verstanden«, antwortete auch ich, obwohl mir nicht klar war, was er mit diesen Worten meinte.

***

O'Leary bewegte sich mit flachen, gleitenden Schritten. Als sei er auf Kufen unterwegs, pirschte er sich an, drehte sich, ohne den Blick von der Schlange zu nehmen, um sie herum und schirmte Miss Huntington ab. Das Tier beobachtete sein Eintreten mit mehr Intelligenz, als ich ihm zugetraut hätte, fand aber offensichtlich keine Möglichkeit, O'Learys Fortschreiten zu verhindern. Die wiegende Bewegung geriet aus dem Takt, die witternde Zunge schoss vor, als müsse die Kobra sich entscheiden, wie ihr nächster Zug auszusehen hätte.

»Gehen Sie, Miss Huntington«, sagte O'Leary. »Bleiben Sie an der Tür stehen. Keine Angst, Danny wird auf Sie aufpassen.«

Mit einer weichen, fließenden Bewegung brachte er den Schürhaken mit der Schlinge nach vorn und machte einen Ausfallschritt. Die Schlinge berührte den Nackenschild des Tieres, glitt aber harmlos daran herunter. Die Kobra, die die flüchtige Berührung gespürt hatte, warf sich zornig herum, aber Miss Huntington hatte sich bereits aus der Gefahrenzone gerettet und hängte sich leise schluchzend an meinen Hals.

»Schon gut«, tröstete ich und tätschelte ungeschickt ihren Rücken. »Bleiben Sie einfach dicht in meiner Nähe, dann kann Ihnen nichts passieren.«

Satterthwait hatte mich gehört und zog ungläubig die Augenbrauen hoch, aber Miss Huntington schien meine Versicherung zu genügen, ihr Schluchzen verebbte, auch wenn sie mich noch immer fest umklammert hielt.

Erneut huschte O'Leary um die Schlange herum, glitt außer Reichweite und legte die Schlinge so geschickt aus wie ein Angler. Das Tier drehte den Kopf, um seiner Bewegung zu folgen, und für einen Moment sah es so aus, als ließe es sich in die Falle locken. Aber dann zuckte es zurück und begann erneut mit den wiegenden Bewegungen. Ich hatte unwillkürlich die Luft angehalten und bemerkte es erst jetzt, als ich schnappend Atem holte.

O'Learys Hand war ruhig geblieben. Elegant, beinahe tänzerisch, wich er zurück und platzierte die Schlinge erneut direkt vor dem Oberkörper des Tiers. Aber noch einmal ließ die Kobra sich nicht in den Hinterhalt locken. Sie tauchte unter der Schlinge hindurch, wandte sich um und schoss blitzschnell auf O'Leary zu. Der machte einen waghalsigen Satz zur Seite und rammte dabei mit der Schulter die Ecke des Kamins. Mit einem Schmerzenslaut sackte er zusammen, drehte aber noch im Fallen die improvisierte Waffe um und führte mit dem Schürhaken einige kurze Hiebe in Richtung der Kobra. Das Tier zischte gereizt und zog sich einige Inch weit zurück. Dort richtete es sich erneut auf und spreizte den Nackenschild. Die Kobra erschien mir jetzt noch riesiger als zuvor, als ob jeder Angriff, jeder Gegner sie wachsen ließe. Als sie züngelte, sah ich das Gift von ihren Zähnen tropfen und ein Schauder lief mir über den Rücken.

»Vorsicht, O'Leary!«, schrie ich und schwenkte die Arme in der verzweifelten Hoffnung, die Aufmerksamkeit der Kobra auf mich und damit von ihm abzulenken. Aber die Schlange hatte ihren Gegner nun identifiziert und ließ sich nicht mehr irritieren. Wieder schoss ihr Oberkörper nach vorn, aber O'Leary hatte die Bewegung vorausgeahnt und hechtete zur Seite. Bei seiner Landung vernahmen wir ein böses Knacken und sahen, wie sein Fuß sich verdrehte. Ich stöhnte auf und spannte meine Muskeln, um ihm zu Hilfe zu springen.

»Alles in Ordnung!«, rief er hastig, als er meine Bewegung bemerkte. »Bleiben Sie, wo Sie sind und passen Sie auf Miss Huntington auf! Ich komme schon zurecht!«

Durch mich abgelenkt, hätte er fast die Kobra übersehen, die schneller als ein Lidschlag die Richtung änderte und ihn attackierte. Im letzten Augenblick rollte er sich zur Seite und hob den Schürhaken.

»Jetzt ist es genug«, sagte er ruhig und bestimmt, während er der Schlange fest in die runden Pupillen blickte. »Es ist vorbei, hörst du? Ich weiß jetzt, was geschehen ist. Aber wenn du mich dazu zwingst, werde ich dich erschlagen.«

»Was für ein Unsinn!«, rief Miss Huntington und versuchte sich aus meinem Arm zu winden. »Das ist eine Schlange, kein Hündchen. Sie versteht nicht, was man ihr sagt. Töten Sie sie! Oder geben Sie mir eine Pistole, wenn Sie es nicht übers Herz bringen! Danny, um Himmels willen, lassen Sie mich los! Ich kann auf mich selbst aufpassen.«

Ich hörte kaum hin. Fasziniert starrte ich auf das Schauspiel, das vor meinen Augen stattfand. Ich war mir sicher, dass die Schlange O'Learys Worte kaum wahrnehmen und umso weniger verstehen konnte. Dennoch schien sie darauf zu reagieren. Sie hielt inne, zog sich zurück und senkte den Oberkörper, fast so, als würde sie sich setzen, um über sein Ultimatum nachzudenken. Schließlich entspannte sie den Nackenschild und neigte den Kopf. In dieser Pose schien sie zu erstarren.

»Was ist das?«, rief Qazim. »Wie ist so etwas möglich?«

O'Leary streckte die Hand aus, um ihm Ruhe zu gebieten. Wir standen still und warteten – ohne zu wissen, worauf.

Nach einer Weile knarrte eine Tür am entfernten Ende der Küche, die Tür, die zur Kammer der Haushälterin Mani führte. Der Riegel wurde knirschend zurückgezogen, die Klinke senkte sich, und endlich, Stück für Stück, bewegte sich das schwere Holz in den Angeln. Im Türrahmen wurde die Gestalt der buckligen, hässlichen Frau sichtbar, als Schattenriss gegen die von Kerzen erhellte Kammer. Sie stand schwankend, als werde sie von unsichtbaren Fäden gehalten, und streckte die Hand gegen die erstarrte Schlange aus.

Neben mir schnappte Satterthwait hörbar nach Luft. Miss Huntington gab vor Erregung einen kleinen, hohen Laut von sich, wie das Piepsen einer in die Ecke getriebenen Maus.

»Es ist vorbei«, wiederholte O'Leary sanft.

Irgendetwas geschah, so schnell, dass meine Augen nicht folgen konnten. Die Schlange wirbelte durch die Luft, überschlug sich mehrfach und schrumpfte dabei in sich zusammen, ihre Windungen verhärteten sich, ihre Haut verlor den Glanz und wurde braun und matt. Sie landete in der ausgestreckten Hand der Haushälterin – und war mit einem Mal nichts weiter als der große, gewundene Eichenstock, auf den Mani sich stützte.

Gleichzeitig geschah etwas mit der alten Frau. Während die Schlange erstarrte, füllte sich Manis Körper allmählich wieder mit Leben, ihr rechtes Auge begann zu funkeln, ihre Mundwinkel verzerrten sich bösartig nach unten.

In diesem Moment polterte es an der Haustür, sie schwang krachend auf. Durch die Halle näherten sich rasche Schritte.

»Halt, im Namen des Gesetzes!«, rief eine helle Stimme. »Niemand rührt sich von der Stelle! Ich bin Detective Inspector Jonathan Hall. Was ist hier passiert?«

10. Das Auge der Göttin

So also hängt alles zusammen!«, rief ich und deutete anklagend mit dem Finger auf die Haushälterin. »Sie steckt hinter den Morden! Inspector Hall, verhaften Sie diese Frau!«

»Bitte sichern Sie zuerst die Ein- und Ausgänge, damit niemand verschwinden kann«, widersprach O'Leary mit matter Stimme, »und dann helfen Sie mir auf die Füße. Die Erklärung wird länger dauern, als mein Begleiter Daniel sich erhofft, und ich fürchte, ich komme aus eigener Kraft nicht hoch. Ich muss mir bei dem Sturz den Knöchel verdreht haben.«

Constable Hartfield, der den Inspector begleitet hatte, eilte O'Leary zu Hilfe, gemeinsam mit Qazim. Ich dagegen blieb, wo ich war, denn ich hatte immer noch meinen Auftrag, Miss Huntington zu schützen, und so sehr sie mir auch auf die Nerven ging, ich würde ihn erfüllen.

»Jetzt, da die Gefahr gebannt ist«, begann sie an mich gewandt, »hätten Sie doch gewiss nichts dagegen, dass ich rasch hinauf in mein Zimmer laufe und mich ein wenig vollständiger bekleide? Sie verstehen sicher … Außer der alten Haushälterin sind hier nur Männer – das heißt, wenn ich Sie mitzähle – und ich stehe hier im Negligé. Nicht, dass ich prüde wäre … Immerhin habe ich im Harem des Sultans von …«

»Haben Sie den Inspector nicht verstanden?«, unterbrach O'Leary, der sich schwer auf die Schultern seiner Helfer stützte. »Niemand soll sich von der Stelle rühren. Das gilt leider auch für Sie, Miss Huntington, und so sehr ich mir wünschen würde, Sie wären ein wenig vollständiger bekleidet, so steht es doch nicht in Dannys Belieben, Sie gehen zu lassen.«

Inspector Hall räusperte sich.

»Sir«, widersprach er leise, »es erscheint mir nicht besonders ritterlich, die Dame in diesem Zustand verweilen zu lassen.«

O'Leary zuckte die Achseln und verzog gleich darauf vor Schmerzen das Gesicht. Er hatte nicht an seine geprellte Schulter gedacht. »Wie Sie meinen, Herr Inspector … Mister Satterthwait, dürfte ich Sie darum bitten, Miss Huntington in Ihre besondere Obhut zu nehmen? Dann könnte Daniel rasch die Treppen hinaufsteigen und einen Umhang oder so etwas aus ihrem Zimmer holen.«

»Aus meinem Zimmer?«, rief Miss Huntington empört. »Das fehlte noch, dass ein Mann in meinen Sachen herumwühlt! Vielen Dank, dann bleibe ich lieber, wie ich bin!«

»Lassen Sie uns in den Salon gehen«, bat O'Leary. »Die Geschichte, die ich zu erzählen habe, ist recht lang und es wäre mir lieb, dass alle Beteiligten, mich eingeschlossen, bequem sitzen. Selbst die Person, die Sie, Herr Inspector, gleich wegen dreifachen Mordes festnehmen werden.«

Das galt ohne Zweifel Mani, der Haushälterin. Ich warf ihr einen giftigen Blick zu, den sie nicht weniger giftig erwiderte. Auf ihren Schlangenstock gestützt, hinkte sie hinter uns her. Ich behielt sie im Auge, um sie, falls nötig, an der Flucht zu hindern, aber sie folgte uns ohne Widerstand.

Im Salon betteten Constable Hartfield und Qazim O'Leary auf die Ottomane. Ich schob ihm ein Kissen unter den Knöchel, der schon anzuschwellen begann, und setzte mich in den Sessel neben seinen Füßen. Satterthwait nahm auf dem Stuhl zu meiner Linken Platz, neben ihm saß Qazim. Mani kauerte neben dem Kamin. Inspector Hall schob einen weiteren Polstersessel heran, in den Miss Huntington sich setzte. Er und der Constable schlossen die Runde.

»Also?«, sagte Inspector Hall auffordernd. »Dann erzählen Sie mal, Mister O'Leary, was sich Ihrer Meinung nach in den letzten Tagen abgespielt hat.«

O'Leary lehnte sich in die Kissen zurück, um seine Schulter zu entlasten.

»Es war einmal ...«, begann er.

Inspector Hall unterbrach ihn. »Wir haben jetzt keine Zeit für orientalische Märchen!«

»Für dieses Märchen sollten Sie sich doch die Zeit nehmen«, beharrte O'Leary, »denn nur so können Sie die ganze Geschichte verstehen. Gedulden Sie sich! Bis es draußen vollends hell geworden ist, bin ich fertig.

Es war einmal in Indien, zur Zeit der Mythen, als die Götter noch auf der Erde wandelten. Shiva, der Höchste, der Erschaffer und Zerstörer, schuf unabsichtlich und ohne es überhaupt zu bemerken aus einer kleinen hölzernen Mädchenstatuette ein Kind, die Göttin Manasa. Sie wuchs zu wahrhaft göttlicher Schönheit heran, mit heller Haut und langem, schwarzem Haar.

Shiva holte sie in sein Haus, aber seine Frau Chandi war eifersüchtig und glaubte, dass die schöne, junge Frau die Geliebte ihres Mannes war und nicht seine Tochter. Sie quälte und peinigte das Mädchen, wo sie nur konnte, schlug sie, trat nach ihr und brannte ihr sogar eines Tages das Auge heraus. Seitdem war das linke Auge der Göttin giftig und unheilbringend, sie musste eine Augenklappe tragen. Erzähle ich es klar genug?«

Qazim nickte und biss sich auf die Lippen. Während wir Übrigen nicht recht wussten, worauf dieses Kindermärchen hinauslaufen sollte, schien Mani von der Geschichte völlig in den Bann geschlagen zu sein. Ihr gesundes Auge glühte, sie lauschte mit halb geöffnetem Mund.

»Eines Tages«, fuhr O'Leary fort, »als Chandi das Mädchen wieder einmal zu harter Küchenarbeit gezwungen und wegen eines eingebildeten Versäumnisses getreten hatte, hob Manasa die Augenklappe und warf Chandi einen giftigen Blick zu. Die rohe Stiefmutter fiel davon ohnmächtig zu Boden. Als Shiva nach Hause kam und diese Szene sah, wurde ihm klar, dass Manasa nicht länger bei ihm bleiben konnte. Er setzte sie an einem verlassenen Ort aus. Aber noch immer war Chandi nicht zufrieden und versuchte Manasa zu schaden, so oft sie konnte.

Manasa war zu schwach, um sich zu wehren. Um Kraft zu gewinnen, brauchte sie Menschen, die an sie glaubten, und so machte sie sich auf die Suche nach Hilfe. Allerdings war sie nicht vollkommen wehrlos, denn sie ist die Gebieterin der Schlangen. Egal, wie klein der Spalt, der Riss in der Wand – ihre Schlangen können hindurchschlüpfen.

Miss Huntington, Sie lächeln. Liegt es daran, dass Sie diese Geschichte nur allzu gut kennen?«

»Ein Märchen wie jedes andere«, sagte sie wegwerfend.

»Nicht für jeden hier«, widersprach O'Leary. »Hatten Sie nicht eine indische Amme, Miss Huntington? Mir ist aufgefallen, dass Sie, obwohl Sie ununterbrochen über Ihre Reisen und Erlebnisse schwadronierten, den indischen Subkontinent völlig ausgespart haben. Und doch erzählte uns der falsche Professor Figgs nach dem Spaziergang im Garten, Sie hätten ihn über interessante Details der indischen Volksreligion aufgeklärt.«

»Ich hatte eine indische Amme«, sagte Miss Huntington gefasst und schob die Hände in die Taschen ihres Morgenmantels, »aber zu dieser Zeit war ich noch ein Kind. Meine späteren Reisen haben mich leider nie wieder nach Indien geführt, sodass ich nicht viel aus dieser Region zu berichten habe.«

»Es gab noch jemanden, der diesen alten Mythos kannte«, fuhr O'Leary fort. »Colonel Banks hat sich viel mit der indischen Kultur beschäftigt, wenn auch nicht aus echtem Interesse, sondern eher, um herauszufinden, auf welche Weise er sich bereichern konnte. Wir wissen schon von seinem Butler, wie weit der Colonel ging, wenn er seinen persönlichen Vorteil witterte. Loyalitäten galten ihm nichts, auch nicht Befehle, und schon gar nicht die Achtung vor seinen Mitmenschen oder ihren Göttern. Er war ein Tiger auf der Suche nach Beute, nur dass ihm die Anmut und die Unschuld eines wilden Tieres fehlten.«

»Kommen Sie zum Punkt«, mahnte Inspector Hall. »Der Colonel ist tot, deswegen müssen wir nicht mehr über ihn zu Gericht sitzen.«

»Der Colonel hat mit seiner Habsucht das ganze Drama ausgelöst«, protestierte O'Leary. »Wäre er nicht so maßlos gewesen, hätte er wenigstens einen Gedanken für die Kultur übriggehabt, durch die er stampfte wie ein Bulle, dann hätten weder er noch die anderen sterben müssen. Erinnern Sie sich, Danny, was Ihnen Doreen erzählt hat? Sie haben es in einem Ihrer Notizbücher notiert: Eine Priesterin habe versucht, den Tempelschatz an Colonel Banks und seinem Trupp vorbeizuschmuggeln. Sie selbst konnte diese Geschichte nicht glauben, und sie ist immerhin die Einzige, die den Colonel liebte und auch ein paar freundliche Erinnerungen an ihn hat. Die wahre Geschichte ist ein wenig anders: Als der Colonel der ausgestoßenen Göttin begegnete, war nur Brown bei ihm, der zum Schweigen verurteilte Butler. Dies ist es, was uns Brown vor seinem Tod erzählen wollte. Der Colonel zerstörte einen Schrein, in dem er Schätze vermutete. Was er fand, übertraf seine kühnsten Erwartungen: ein fehlerfreier Diamant, als Solitär gefasst, ein Diadem aus Gold und Rubinen und schließlich ein kleiner Schmuckdolch in einem Etui, das aus winzigen Edelsteinen gewebt war. Er legte diese Schätze zurück in die Schatulle mit dem Schlangenverschluss und steckte sie ein. Aber die Bestohlene, die Göttin Manasa, ließ sich ihr Eigentum nicht ohne Widerstand nehmen. Warum sie allerdings nicht ihre Schlangen schickte, sondern sich entschloss, in ihrer menschlichen Gestalt zu erscheinen, werden wir wohl nicht erfahren, nicht wahr, Mani?«

Unsere Köpfe flogen herum und wandten sich der Haushälterin zu, die O'Leary noch immer so brav wie ein Kätzchen lauschte und mit ihrem einen Auge andächtig zu ihm aufsah.

»Ja, es heißt *Manasa*, nicht *Mani*«, bestätigte O'Leary. »Die Göttin manifestierte sich, um den Dieb zur Rede zu stellen. Aber mit solch skrupelloser Bosheit hatte sie bei einem Menschen nicht gerechnet, obwohl sie nach den Erlebnissen mit ihrer Stiefmutter vorsichtiger hätte sein müssen. Was hat er dir angetan, Manasa? Hat er dir gefallen und du hast zu lange gezögert, ihn zu vernichten? Dachtest du, er könne vielleicht einer deiner Anbeter werden?

Er war zu schnell. Er nahm dir die Schatulle. Und das war noch nicht genug, seine Gier zu stillen.«

»*Oh Gott, er hätte ihr nicht auch noch das Auge nehmen sollen!*«, rief ich, als mir die Bedeutung der letzten Worte Browns aufgingen.

»Er nahm ihr das Auge«, sagte O'Leary und seine Stimme klang kalt vor Wut und Verachtung. »Eine Göttin stand ihm leibhaftig gegenüber und anstatt sie zu ehren, anstatt sie wenigstens zu verschonen, riss er ihr das Auge heraus, das ihm die Macht über sie verlieh.«

Qazim starrte ihn verständnislos an. »Es war *ihr Auge?*«

»Alle am Tisch reagierten instinktiv«, erwiderte O'Leary. »Erinnern Sie sich? Wir alle starrten auf diesen Stein, unfähig, uns von seinem *Blick* zu lösen.«

»Ich war in diesem Moment bereit, für seinen Besitz zu morden«, gestand ich schamrot. »Wenn die Wasserkaraffe nicht zu Boden gekracht wäre ...«

»Sie allein schienen immun, Mister O'Leary«, erinnerte sich Miss Huntington. »Es sollte mich nicht wundern, wenn Sie selbst die Karaffe zu Boden geworfen hätten.«

»Das habe ich«, bestätigte O'Leary, »aber ich war keineswegs immun gegen den Zauber. Es war ein Versehen. Ich hatte die feste Absicht, den Smaragd zu ergreifen, auch wenn ich dafür über die Leichen der anderen Anwesenden hätte gehen müssen. Aber die Karaffe fiel nun einmal hinunter und hob die Verzauberung auf – außer dem Schlangenstab das einzige Mittel, über das die versklavte Göttin noch verfügte. Wie gern hätte sie uns alle gegeneinander gehetzt und zugeschaut, wie wir uns gegenseitig die Kehlen aufschlitzten! Es ging noch einmal gut.«

»Professor Figgs – Rhosyn – hatte den richtigen Instinkt, nicht wahr?«, warf ich ein. »Er sagte, der Schliff sei zu alt für die Fassung, und bemerkte am äußersten Rand einen rötlichen Schimmer.«

»Manasas Blut«, bestätigte O'Leary trocken. »Rhosyn war ein Verbrecher, aber darüber hinaus ein exzellenter Juwelenkenner, weit mehr als ich es bin. Ohne ihn wäre ich nicht auf die Idee gekommen, den Namen des Steins wörtlich zu nehmen.

Der Colonel war ein grausamer Mann. Er zwang die entehrte, verstümmelte Göttin, ihm nach England zu folgen und ihm dort noch mehr Besitz zu verschaffen. Gold, Statuen, Waffen, ein Landgut … er war nicht wählerisch. Ihre Macht reichte gerade noch aus, um ihm diese Dinge zu verschaffen, und sie tat es, denn er versprach, ihr Auge und Freiheit wiederzugeben, sobald seine Habsucht befriedigt wäre. Aber wissen Sie, wie es mit der Habsucht geht? Sie ist nie zufrieden, immer gibt es irgendwo noch Dinge, die sie begehren kann, und es war ja so einfach: ein Befehl an die Göttin genügte und schon schaffte sie alles herbei.«

»Ich verstehe«, unterbrach der Inspector. »Aber mich würde mehr interessieren, wer den Colonel auf dem Gewissen hat.«

»Tatsächlich?«, rief O'Leary. »Das liegt doch auf der Hand! Er starb durch einen Schlangenbiss. Wissen Sie noch, Danny, was passierte, als Colonel Banks die Schatulle öffnen wollte? Er verletzte sich den Finger oder besser: die auf der Schatulle dargestellte Schlange biss hinein. Miss Huntington band schnell ein Taschentuch um die Verletzung, sodass sie keiner von uns genauer anschauen konnte. Das Gift wirkte schnell. Der Colonel wurde euphorisch, als hätte er zu viel getrunken – das bestätigte uns Brown. Dann wurde Colonel Banks müde, zog sich zurück und im Verlauf der Nacht verstarb er an dem Schlangengift.«

»Aber, O'Leary«, wandte ich ein. »Die Schlange auf der Schatulle war aus Holz geschnitzt. Wie hätte sie zubeißen können?«

O'Leary schüttelte milde den Kopf. »Sie haben heute schon einmal einen Gegenstand aus Holz gesehen, der zur Schlange wurde, nicht wahr, Danny? Aber warum beschloss Manasa ausgerechnet während unseres Besuchs, den Colonel zu töten? Warum ging sie das Risiko ein, so viele Zeugen zu haben, obwohl sie nur bis zu unserer Abreise warten musste, um ihren Feind und Unterdrücker um einiges unauffälliger zu töten?«

»Sie wusste offensichtlich nichts über unsere fähige englische Justiz«, vermutete Inspector Hall. »Immerhin sind wir hier nicht im indischen Dschungel, sondern in England. Hier kommt man mit einem Mord nicht davon!«

»Jemand könnte hier mit drei Morden und einem Diebstahl davonkommen«, seufzte O'Leary, »wenn in der Eile nicht einige Fehler und Ungereimtheiten geschehen wären. Nein, der Grund für ihr langes Zögern liegt eben darin, dass sie eine Göttin ist. Gottheiten brauchen für ihr Überleben weder Nahrung noch Luft, eines allerdings brauchen sie dringend: jemanden, der ihren Namen kennt, ihre Nähe sucht und sie anbetet. Der Glaube an sie ist es, der den Göttern ihre Macht verleiht. Satterthwait, hier kommen wir zu Ihrem Schaf Molly.«

»Tatsächlich?«, staunte der Farmer. »Nichts für ungut, aber ich dachte, Sie hätten Molly längst vergessen.«

»Durchaus nicht«, widersprach O'Leary. »Arman, wie nimmt man Kontakt zu den Göttern auf?«

Verwirrt schaute ich zu Qazim, dessen wirklichen Namen ich im Gang der Ereignisse vollkommen vergessen hatte. Er war jetzt sehr aufgeräumt und verfolgte jedes Wort mit der größten Aufmerksamkeit.

»Man bringt den Göttern ein Opfer«, erwiderte er sofort. »Im Falle Manasas sind es Tieropfer, die gebracht werden. Üblicherweise handelt es sich allerdings um einen Ziegenbock oder einen Ganter.«

»Der Verantwortliche war in Zeitnot und hatte keine Wahl«, erklärte O'Leary. »Er bekam Molly zu fassen und brachte sie als Opfer an die Göttin dar, um ihre Aufmerksamkeit zu erregen.«

»Aber warum?«, rief ich. »Welchen Sinn hat es, einer entmachteten Göttin zu opfern?«

»Es war ein Versprechen. Jemand redete Manasa ein, er sei auf ihrer Seite, er werde ihr die alte Macht und vor allem das Auge zurückgeben, es bedürfte nur eines guten Plans. Vergessen Sie nicht: Manasa kannte sich in der Welt der Menschen und vor allem der Europäer nicht aus. In ihrer Welt ist ein gegebenes Wort verpflichtend. Niemand würde wagen, es zu brechen.

Aber die Person, die das Opfer brachte, war gar nicht daran interessiert, Manasa zu helfen. Sie wollte das Auge und die Macht, die es bringt, für sich selbst. Deswegen war ihr Plan doppelbödig. Zuerst musste der Colonel aus dem Weg geschafft werden, da er den Edelstein niemals freiwillig hergegeben hätte. Als er die Schatulle vor unser aller Augen öffnen wollte, war der Moment günstig. Und da Miss Huntington dem Colonel sofort zu Hilfe eilte und seinen Kratzer verband, achteten wir nicht weiter darauf, denn sonst hätten wir die ungewöhnliche Verletzung und die anschließende Schwellung bemerkt und möglicherweise unsere Schlüsse gezogen.

Nach dem Tod Colonel Banks' war der Butler der Einzige, der noch die wahre Geschichte hätte erzählen können. Zwar hatte der Colonel Browns Geständnis versteckt und der Butler war auch nach dem Tod seines Herrn erpressbar. Aber nachdem wir die Unterlagen gefunden hatten, endete auch seine Zwangslage und er musste aus dem Weg geräumt werden. Da die Kamine miteinander verbunden sind, war nicht nur Manasa, sondern auch ihr vermeintlicher Verbündeter ständig darüber informiert, wer von uns sich wo aufhielt, was wir wussten und sogar, was wir planten. So war es ein Leichtes, Brown abzupassen, als er in den Keller ging, und ihm eine Falle zu stellen. Immerhin konnte der Butler uns mit seinen letzten Worten einen Hinweis geben.

Dann geschah etwas Unerwartetes: Manasas Verbündeter glaubte inzwischen zu wissen, wo sich die Schatulle befand, aber er griff ins Leere. Der Meisterdieb Rhosyn war schneller gewesen, aber klug, wie er war, trug er den Schatz nicht etwa mit sich herum, sondern versteckte ihn lediglich an einem anderen Ort in der Bibliothek, wo er leicht abzuholen war. An eine solche Möglichkeit hatte niemand von uns gedacht und so schien das Auge der Göttin tatsächlich verloren.

Rhosyn hatte nicht die Nerven, um bis zum Eintreffen der Polizei im Landhaus zu bleiben. Er fühlte sich durchschaut – möglicherweise von mir. Tatsächlich hatte ihn außer mir noch jemand anders enttarnt: Manasas Verbündeter. Und als Rhosyn zu fliehen versuchte, wurde auch er überwältigt, von der inzwischen durch den vermeintlichen Glauben ihres Verbündeten gestärkten Göttin. Aber wir fanden bei seiner Leiche nicht den Stein.«

»Nun spannen Sie uns nicht länger auf die Folter!«, polterte Inspector Hall. »Dieses Hin und Her mit dem Stein bringt uns doch nicht weiter. Wo ist es denn nun, das kostbare Stück?«

»Ja, wo ist es, Manasa?«, nahm O'Leary die Frage auf. »Und wer ist Manasas Verbündeter, wer kannte das Geheimnis ihres Stocks? Wer warnte sie durch Klopfzeichen an der Küchentür, dass wir ihr auf der Spur waren?«

»Ich lasse mir eine solche Behandlung nicht gefallen!«, rief Miss Huntington. »Wen soll ich gewarnt haben? Sie haben wohl völlig vergessen, dass ich selbst angegriffen wurde und gerade eben dem Tod nur um Haaresbreite entgangen bin! Inspector, Sie hören doch, dass dieser Mann Unsinn redet! Halten Sie sich an die Tatsachen, Mister O'Leary! Diese Inderin ist es, die alle auf dem Gewissen hat, nicht ich!«

»Die Göttin bemerkte beinahe zu spät, dass sie der Falschen vertraut hatte«, fuhr O'Leary ungerührt fort. »Sie hatten niemals vor, ihr das Auge zurückzugeben, oder? Manasa wäre nur von einer Sklaverei in die nächste geraten. Miss Huntington, machen Sie

Ihre Lage nicht noch schlimmer. Geben Sie den Smaragd heraus.«

»Holen Sie ihn sich doch!«, rief Miss Huntington mit wildem Blick. Sie sprang auf, stieß den völlig überraschten Inspector zur Seite und stürmte zur Tür hinaus. Manasa brüllte auf und griff nach ihrem Stock, aber O'Leary fasste ihren Arm. »Nicht noch mehr Tote!«, sagte er. »Wir fangen sie ohne dies hier.«

Satterthwait, Qazim und ich liefen bereits los, um die Verfolgung aufzunehmen. In der Halle stockten wir, blickten uns suchend um.

»Sie ist nach oben gelaufen«, rief ich, einem Geistesblitz folgend. »Sie muss sich etwas überziehen, sonst fällt sie zu sehr auf.«

Wir hasteten nebeneinander die Stufen hinauf, den Gang entlang. Die Tür zu Miss Huntingtons Zimmer stand offen, wir hörten sie in ihrem Koffer wühlen.

»Geben Sie auf«, riet Qazim. »Sie kommen nicht an uns vorbei.«

Das Fenster knackte, als die Flügel aufgerissen wurden. Wir stürzten ins Zimmer und sahen sie auf der Fensterbank stehen, in der einen Hand ihren Koffer, in der anderen ein kleines Stoffbündel, das sie fest umklammerte.

»Den Menschenfressern von Borneo« , stieß sie atemlos hervor, »bin ich einmal entkommen, indem ich mich an einer Liane über einen Wasserfall schwang!«

»Aber wir sind nicht auf Borneo«, stellte Satterthwait fest, packte sie um die Hüfte und zog sie ins Zimmer zurück. Sie trat um sich und versuchte ihn zu beißen, aber er ließ nicht locker. Ich schlug ihr mit der Handkante auf die Faust und mit einem Schmerzenslaut ließ sie das Bündel fallen. Ich hob es auf.

Mit Miss Huntington im Schlepptau kehrten wir in den Salon zurück, wo die anderen bereits ungeduldig auf uns warteten. O'Leary streckte mir die Hand entgegen und nahm mir das Bündel ab.

»Hier ist es«, sagte er zu Manasa und reichte ihr den Stein mit abgewandtem Gesicht. Auch wir anderen sahen zu Boden, um nicht noch einmal in den Bann des Smaragds zu geraten.

Die Göttin gab einen merkwürdigen Laut von sich, halb Schluchzen, halb übergroße Freude. Sie schob ihre Augenklappe auf die Stirn und fuhr mit den Fingern tastend über das vernarbte Loch. Mit zwei Fingern ergriff sie den Edelstein und drückte ihn in die Höhlung.

Ein Leuchten übergoss sie, so strahlend hell, als hätte die Morgensonne sie in Flammen aufgehen lassen. Ihre Lumpen fielen von ihr ab und darunter erstrahlte ein roter Sari, mit aufgestickten Lotosblüten verziert. Der Buckel glättete sich, das Haar wurde schwarz und glänzte wie ein Rabengefieder.

Sie verneigte sich voller Anmut, schenkte O'Leary noch einen letzten dankerfüllten Blick – dann war sie verschwunden.

***

»Was war das?«, fragte Inspector Hall verdutzt. »Wo ist die Verdächtige?«

»In Indien, vermute ich«, erwiderte O'Leary, der mit einem abwesenden Lächeln auf die leere Stelle starrte, auf der sie eben noch gestanden hatte. »Sie ist nach langer Irrfahrt wieder heimgekehrt. Machen Sie Manasa nicht verantwortlich für das, was hier geschehen ist – sie wusste nichts von der Art der Menschen. Die wahre Schuldige sitzt dort.«

Er wies auf Miss Huntington, die sich noch immer gegen Satterthwaits festen Griff sträubte.

»Sie hat Manasa angestiftet, sie hat ihr durch das Opfer genügend Macht verliehen, um sich endlich zur Wehr zu setzen, und sie hat die Göttin anschließend als Werkzeug missbraucht, um sich den Smaragd zu verschaffen. Was sie indes nicht bedachte: Auch ich und Arman Ramakrishnan, der mir zwischenzeitlich die Schriften übersetzte, glaubten jetzt an Manasa. Unterbewusst dadurch gestärkt, erlangte sie die Erkenntnis, welch *falsche Schlange* Miss Huntington war und griff sie mit ihrer Kobra an. Inspector Hall, bitte verhaften Sie diese Dame und nehmen Sie sie mit zur Wache. Wenn sie weiß, was gut für sie ist, wird sie ein umfassendes Geständnis ablegen.«

Der Inspector erhob sich und rieb sich über die Augen. »Ich kann nicht behaupten, dass ich alles verstehe, was ich gerade gesehen oder gehört habe«, gab er zu. »Es wäre mir lieb, wenn Sie mir auf die Wache folgen.«

»Selbstverständlich«, versprach O'Leary, »nachdem ich mich umgekleidet habe. Kommen Sie, oh Danny Boy!«

»Sie kleiner Stutzer«, zischte Miss Huntington, als er gut gelaunt an ihr vorbeischritt. »Warum musste ich ausgerechnet von so einem Pfau überführt werden!«

»Der Pfau, Madam«, dozierte O'Leary, »ist in seiner Heimat Indien hoch angesehen. Er fängt Kobras.«

ENDE

Danksagung:

Jeder, der schreibt, steht auf den Schultern der Autoren, die er am meisten verehrt. Dieses Buch wäre niemals entstanden ohne Walter Satterthwaits Pinkerton-Trilogie „Eskapaden", „Maskeraden" und „Scharaden" und seinen großartigen Roman „Miss Lizzie". Getreu der Richtlinie, dass man immer nur von den Besten stehlen soll, habe ich mich schamlos bei ihm bedient, besonders hinsichtlich vieler Details über die 20er Jahre, die englische Landschaft und die Einrichtung eines englischen Herrenhauses. Die Fehler und Ungenauigkeiten allerdings sind ausschließlich auf meinem Mist gewachsen.

Seine guten Seiten verdankt O'Leary der Inspiration durch Harald Glööckler, dem ich auf diesem Wege meine Hochachtung versichern möchte. Alle schlechten Seiten dagegen hat O'Leary von mir.

Ich danke meiner Familie, die es über viele Monate ausgehalten hat, dass ich mich jeden Abend an den PC verdrückt habe, und die von mir immer wieder zum Durchlesen meiner wirren Ergüsse gezwungen wurde, bis mit ihrer Hilfe endlich ein Roman daraus wurde.

Schließlich danke ich meinen beiden nimmermüden Verlegern, Susanne und Sean O'Connell, die aufgrund eines vagen Exposés und zwei Seiten Leseprobe an diesen Roman geglaubt und ihn dadurch ermöglicht haben.

Tedine Sanss